치유, 진짜 나를 찾게 된 순간

치유, 진짜 나를 찾게 된 순간

줄라이 지음

마음세상

치유, 진짜 나를 찾게 된 순간

초판 1쇄 발행 | 2018년 6월 21일

지은이 | 줄라이
펴낸이 | 공상숙
펴낸곳 | 마음세상

주 소 | 경기도 파주시 한빛로 70 507-204

출판등록 | 2011년 3월 7일 제406-2011-000024호

ISBN | 979-11-5636-260-9 (03810)

원고 투고 | maumsesang@nate.com

* 마음세상은 삶의 감동을 이끌어내는 진솔한 책을 발간하고 있습니다.
참신한 원고가 준비되셨다면 망설이지 마시고 연락주세요.

이 도서의 국립중앙도서관 출판예정도서목록(CIP)은 서지정보유통
지원시스템 홈페이지(http://seoji.nl.go.kr)와 국가자료공동목록시스템
(http://www.nl.go.kr/kolisnet)에서 이용하실 수 있습니다. (CIP제어번호 :
CIP2018017190)

들어가는 글

나는 지극히 평범한 사람이다. 항상 글 쓰는 일에 관심이 많았지만, 그것은 소설이나 동화 같은 창의적인 장르에 국한되었다. 에세이를 써야겠다고 생각한 적은 한 번도 없었다. 내가 에세이에 대해 어렴풋하게 갖고 있던 생각은 남들이 인정할 만한 일을 한 사람이나 굉장히 어려운 일을 겪은 사람이 인생을 돌아보며 쓰는 글이라는 정도였다. 내가 생각하는 나는 그런 사람들과 거리가 멀었다.

과거의 나는 용기가 없었고 자신감도 없었다. 끊임없이 변명했고 문제를 회피했다. 이러한 태도 뒤에는 엄마에 대한 원망과 미움이 도사리고 있었다. 나는 결혼과 육아를 거치면서 마음의 상처를 치유했고 내적 갈등을 극복했다. 그리고 오래전부터 엄마를 인정하고 진심으로 받아들이게 됐다. 엄마를 좋아한다는 것. 남들에게는 당연한 그 일을 이제야 하는 내가 부끄럽다. 충분히 더 잘 살 수 있었는데도 비틀거렸던 내가 안타깝다. 엄마한테 미안하고 남에게 한 번도 털어놓지 않았던 개인적인 이야기를 하게 되어 두렵다.

나는 내 이야기를 잘 하지 않는 성격이다. 주변 사람들은 감추어 두었던 나의 이야기에 대해 잘 모른다. 내가 이런 일을 겪었다는 사실을 알게 되면 아마 매우 놀랄 것이다. 우연한 기회에 나에 대한 글을 쓰면서 꼭 그런 위험을 감수해야 하는지 고민이었다. 그런데 남편은 내 이야기가 다른 사람들에게는 의미가 없을지 몰라도 나 자신과 가족들에게는 의미가 있다고 격려해 주었다. 나는 글을 쓰면서 그 말의 의미를 알게 되었다. 과거의 이야기를 써 내려가면서 나의 감정을 분명히 알게 되었고 앞으로 해야 할 일도 명확해졌다.

개인적인 의미에서라면 굳이 책을 쓰지 않아도 될 터였다. 그런데도 책을 쓰게 된 것은 우연히 블로그를 시작한 일이 계기가 되었다. 책을 읽다가 과거에 있었던 어떤 일과 그 일에 대한 내 생각을 블로그에 올렸고 생각보다 많은 사람이 공감해 주었다. 그 일을 계기로 지극히 개인적이고 사소한 이야기도 다른 사람들에게 도움을 줄 수 있다는 생각이 들었다.

평소에 자주 가는 인터넷 카페에서 내적 불행의 대물림으로 힘들어하는 엄마들을 많이 보았다. 댓글을 달아주고 싶었지만, 이야기가 너무 길어지고 내 생각도 정리되지 않아 간단히 위로해주는 것으로 끝났다. 사실 이 글은 그때마다 내가 해주고 싶었던 이야기를 정리해서 책의 형태로 만든 것이다.

어떤 사람들에게는 어릴 때 엄마의 사랑을 받지 못하고 그로 인해 자존감을 갖지 못한 일이 별 것 아니게 느껴질 것이다. 사랑을 많이 받고 자란 사람들은 '그게 뭐 그렇게 중요해?'라며 대수롭지 않게 생각할 수 있다. 어린 시절에 입은 마음의 상처로 쩔쩔 매는 사람들이 한심하게 보일 수도 있다. 하지만 막상 유년기에 형성된 내적 불행을 경험한 사람들은 결코 그렇게 생각하지 않을 것이다. 심한 내적 불행은 혼자 힘으로 극복하기 힘들고 넘어서는 데 정말 오랜 시간이 걸린다. 어쩌면 평생을 따라다니는 트라우마가 될 수도 있다.

다행히 나는 결혼과 육아를 통해 그 트라우마를 극복했다. 전적으로 내 편이 되어 주는 남편 덕분에 우울증에서 벗어났다. 그리고 육아를 통해 평생 나를 따라다니던 불안에서도 빠져나왔다. 돌이켜 보면 나를 비뚤어지지 않게 키운 것은 책, 일어날 용기를 준 것은 사람, 그리고 진정한 어른으로 만든 것은 육아였다. 육아를 통한 치유, 그 기쁜 과정에 여러분을 초대하고 싶다.

제1장
기억 속 나의 모습

느리고 겁 많은 아이

돌이켜보면 나는 정말로 느리고 조용한 아이였다. 초등학교에 들어가면서부터 고등학교를 졸업할 때까지 '조용하다'는 평가는 꼬리표처럼 나에게 따라붙었다. 회사 생활을 하는 동안, 심지어 두 아이의 엄마가 된 지금까지도 그 수식어는 바뀌지 않았다.

말이 없는 대신에 생각은 많았다. 다른 사람들의 말을 들으면서도 머릿속에는 온갖 생각들이 떠돌아다녔다. 학교에서도 수업 시간에 딴짓은 하지 않았지만 창밖을 내다보면서 여러 가지 상상을 하곤 했다. 어제 있었던 일 같은 사소한 생각에서부터, 읽고 있는 책의 뒷이야기 지어내기, 집에 돌아가서 하고 싶은 일 등 레퍼토리는 다양했다.

학교에서도 발표는 딴 나라 이야기였다. 내 기억에 초등학교 1학년부터 고등학교를 졸업할 때까지 발표란 것을 단 한 번도 하지 못했다. 보통은 교실에서 일어나는 일에 관심이 없는 경우가 많았다. 하지만 아는 문제가 나와서 자랑스럽게 발표하고 싶어도 손이 올라가지 않았다. 초등학교 2학년 때 일일 반장을 맡아 운동장에서 아이들을 줄 세워야 했다. 아이들은 웅성웅성 떠들어 대며 줄을 제대로 서지 않았다. 소리치고 싶은데 목소리는 나오지 않았다. 그 자리에서 울고 싶었던 기억이 생생하다. 그 뒤로 반장이나 부반장, 심지어 줄반장조차도 해 본 적이 없다.

말이 없는 대신에 주변 상황을 끊임없이 관찰했다. 관찰은 내 생활의 일부였다. 열심히, 때로는 심드렁하게 주변을 관찰하고 나중에 그 모습을 몇 번이고 떠올리면서 곱씹는 것이 어린 시절 나의 생활 방식이었다.

생각이 많아서인지 행동은 무척 느렸다. 특히 무엇이 되었든 새로운 것을 접하거나 새로운 일을 하게 될 때, 다른 아이들보다 훨씬 더 느리게 받아들였다. 어렸을 때 아버지의 연이은 사업 실패로 이사를 많이 다녔다. 길치에다 방향치였던 나는 새 학교에 갔다가 집으로 돌아오는 길을 찾지 못해 한참 동안 낯선 동네를 헤매고 다녔다. 같은 길을 수도 없이 뱅뱅 돌면서 울음이 터져 나오려는 것을 간신히 참았던 기억이 선명하다.

요즘 부모들은 자녀가 초등학교에 들어가면 이사를 잘 하지 않는다. 자녀들에게 미칠 충격과 심리적인 영향을 최소화하고 자녀들에게 안정감을 주기 위해서다. 하지만 내가 어릴 때는 먹고 사는데 급급했던 시절이었다. 아이들에 대한 배려가 별로 없었다. 새 학교로 전학 간 첫날에도 혼자 학교에 가야 했다. 뭐든지 느리게 습득하고 새로운 자극을 받아들이는 데 시간이 걸렸던 나는 전학이 세상에서 가장 끔찍했다. 하지만 불행하게도 우리 집은 1년에 한 번꼴로 이사를 했다.

나는 또한 무척이나 겁 많은 아이였다. 책에서 지진에 대한 글을 보고 나서 적어도 일주일은 지진이 날까 봐 무서워서 벌벌 떨었다. 길을 가다가 갑자기

땅이 꺼지고 그 벌어진 틈으로 빠질까 봐 무서웠다. 길옆에 바짝 붙어서 손으로 벽을 더듬으면서 집에 간 적도 있었다. 학교에서 6.25에 대해 배운 날에는 내일이라도 북한이 쳐들어올까 봐 불안했다.

내가 어렸을 때는 냉전 시대라서 '3차 대전'이나 '핵전쟁'에 대한 프로그램을 가끔 방송하곤 했다. 어느 날 TV에서 핵전쟁에 대한 다큐멘터리를 보게 되었다. 그날 이후, 나는 핵전쟁이 날까 봐 불안에 떨었다. TV에서 본 무서운 핵 구름과 방사선 피폭 후유증으로 고통 받는 사람들이 자꾸 떠올랐다. 만일 핵전쟁이 나면 어떻게 행동해야 할지 행동수칙을 혼자서 되새기곤 했다.

이런 나를 엄마는 늘 답답하게 생각했다. "아이고, 답답해. 왜 그렇게 느리니?", "너는 너무 굼떠", "쟤 보면 속 터져", "너 커서 어떻게 사회생활 할래?" 등의 말을 일상적으로 했다. 소심했던 나는 그런 말을 들으며 속으로 '나는 느려서 사회생활을 잘 못 하겠구나', '나는 느림보야', '큰일이네. 앞으로 어떻게 살아야 하지?' 같은 생각을 하곤 했다. 하지만 나는 그렇지 않다던가, 그런 말을 하지 말아 달라는 말은 입 벙긋하지도 못했다. 어린 나에게 엄마는 너무 무서운 존재였다.

엄마의 비난이 집이라는 공간에 국한되지는 않았다. 동네 친구들이나 이웃들에게도 늘 나에 대해 불평을 하곤 했다. 한번은 놀러 나가다가 엄마가 동네 아줌마들과 나누는 이야기를 우연히 듣게 되었다. '우리 집에서는 ○○이가 제일 문제야. 하여튼 속 터진다니까.' 동네 아줌마들은 엄마의 말을 들으면서 손뼉을 치면서 까르르 웃었다. 그러고 나서 집안의 골칫거리가 누구인지 각자 돌아가면서 이야기했다.

지금 생각하면 당시 엄마들에게는 그런 식의 뒷담화가 집안일과 육아에 대한 스트레스를 푸는 유일한 방법이었을 것이다. 하지만 소심하고 속마음이 여렸던 나에게 엄마의 공개 비난은 너무 아팠고 억울했다. 연년생 오빠와 세 살 어린 여동생 틈에서 나는 주목받지 못하는 둘째 딸이었다. 엄마는 첫 아이이자 아들인 오빠를 귀하게 생각했다. 맛있는 것을 따로 주거나 대놓고 귀하다고 말하지 않아도 그 정도는 금세 눈치 챌 수 있었다. 여동생은 터울 있는 막내였고 엄마가 유일하게 젖을 먹여 키운 아이였다. 하지만 그 사이에 낀 나는 엄마의 삶을 힘들게 하는 존재일 뿐이었다.

엄마는 실제로도 그렇게 말했다. 오빠를 낳은 지 얼마 안 되어서 내가 생겼는데 혼자서 연년생을 키울 수 없어서 식모 언니가 나를 기웠다고 했다. 내가 어릴 때는 우리 집이 경제적으로 그렇게 어렵지 않아서 아버지 고향의 아는 집 딸이 식모로 와 있었다고 한다. 그 당시에는 급격한 공업화로 농촌의 젊은 여성들이 도시로 와서 숙식만 제공 받고 식모살이를 하는 일이 많았다. 먹고 살 정도의 평범한 집들도 식모를 두는 일이 허다했다고 한다.

직접 키우지 않은 아이가 마음에 들지 않는 행동을 하니까 더 불만이었는지도 모른다. 그런데 그 불만을 어린아이에 불과한 당사자에게 대놓고 이야기하니, 나는 어찌할 바를 몰랐다. 그저 입을 다물고 듣는 수밖에 없었다. "난 원래 이렇게 태어났는데 어쩌라고요? 엄마 아빠가 날 이렇게 낳았잖아요?", "그게 왜 내 잘못이에요?"라고 논리적으로 따지고 들기에는 난 너무 어렸다. 이렇게 해서 나는 점점 더 말 없는 아이가 되어갔다.

내가 왜 말이 없는지는 나도 잘 모르겠다. 그냥 말하지 않고 듣는 것이 편했다. 다른 사람들이 하는 말을 들으면서 그 내용에 대해 내 나름대로 생각을 했다. 그러다 보면 다른 사람들의 속도를 따라잡지 못하고 혼자만의 생각에 빠져버리는 일이 많았다. 대화할 때에는 대화 자체에 집중해야 하는데, 나는 어쩌면 스스로와의 대화에 더 열중했던 것 같다.

지금 나의 둘째 아이가 9살이다. 그 아이를 보면 어릴 때 내 모습이 자꾸 겹쳐진다. 조용하고 생각이 많은 아이, 행동이 느리고 처음 하는 모든 일에 서투른 아이. 나는 엄마가 나를 직접 키우지 않고 식모 언니에게 맡겨서 키웠기 때문에 내가 이렇게 느린 아이로 자랐다고 생각했었다. 실제로 식모 언니는 자꾸 깨서 칭얼거리면 귀찮다며 어린 나에게 우유를 많이 먹이고 잠을 실컷 재웠다고 한다.

엄마가 되고 난 후에 육아책을 정말 많이 읽었다. 책에는 아기의 감각과 지능을 발달시키려면 아기에게 자극을 많이 주어야 한다고 쓰여 있었다. 나는 엄마가 자극을 주지 않고 내버려 두어서 내가 새로운 상황을 받아들이는 데 서투른 아이가 되었다고 생각했다. 엄마가 사랑과 관심을 주지 않아서 이렇게 된 거라고 엄마를 원망했다.

하지만 둘째를 키우면서 그게 아니라는 걸 알게 되었다. 빠르거나 느린 것, 주변 자극에 민감하게 반응하거나 천천히 반응하는 것, 외부의 상황과 사람들에게 관심을 두거나 내면의 소리에 더 귀를 기울이는 것. 이것은 타고난 성향이자 유전형질의 발현이라는 사실을 직접 아이를 키우면서 깨달았다. 이렇게 되면 엄마에게는 면죄부가 주어진 셈이다. 내가 느리고 내성적인 아이가 된 것은 엄마 탓이 아니니까.

하지만 엄마의 일상적인 비난은 내 자존감에 큰 상처를 주었다. 나는 항상 주눅이 들어 있었고 스스로에 대해 자신감을 가질 수 없었다. 어린 나는 엄마가 나에 대해 내린 평가를 아무 의심 없이 사실로 받아들였다. 나는 느리고 둔하고 바보 같은 아이라고. 커서 사람들에게 놀림을 받고 사회생활도 못 할 거라고. 어린 나에게 엄마는 절대적인 존재였기 때문에 엄마의 말은 곧 진리였다.

하지만 시간이 흐르고 세상과 부딪히고 내 안에서 무수한 전쟁을 치르면서 알게 되었다. 내가 결코 그런 사람이 아니라는 것을. 느리지만 정확하고, 빨리 반응하지는 못하지만 내면이 강하다는 것을. 내 안에 내가 모르는 엄청난 힘이 숨어 있다는 사실을 알게 되었다. 수많은 시도와 좌절과 성공 경험을 통해 확실히 깨닫게 되었다.

곤충들은 모두 유충의 시기를 거친다. 어떤 곤충은 1년이면 성충이 되고 어떤 곤충은 3년 만에 어른이 된다. 또 어떤 곤충은 7년 만에 껍데기를 벗고 세상에 나온다. 이렇게 미숙함을 벗고 독립적인 개체가 되는 시기는 곤충마다 다 다르다. 7년 만에 성충이 되는 애벌레에게 느리다고 비난하는 것은 옳지 못하다. 그 애벌레는 그런 비난을 못 견디고 번데기 안에 영원히 숨어 버릴지도 모른다. 어른이 되어도 자신감 부족으로 잘 날 수 없을지도 모른다.

엄마의 역할은 애벌레가 번데기를 거쳐 날개를 펴고 나비가 될 때까지 옆에서 지켜봐 주고 용기를 주는 것이다. 나는 남들보다 애벌레 시기를 오래 거쳐야 했다. 하마터면 날개도 못 펴고 번데기인 상태로 남아 있을 뻔했다. 이 모든 것이 엄마 탓이라고 말하고 싶지는 않다. 앞서 말했지만 천성은 말 그대로 타고난 것이다. 하지만 엄마에게 섭섭했고 엄마를 원망했고 미워하기도 했다.

냉정하고 모질게만 느껴졌던 엄마는 내가 번데기 속에서 가장 힘들어할 때 딱 한 번 내 옆에서 손을 잡아주었다. 나는 그 이후 결혼을 하고 아이를 키우면서 엄마를 이해하고 되었다. 그 과정에서 어린 시절에 입은 마음의 상처를 뒤늦게 치유할 수 있었다. 이제 그 경험을 나누어보려고 한다. 아이를 키우면서도 여전히 어린 시절의 트라우마로 힘들어하는 이 세상의 엄마들과.

엄마는 왜

엄마에 관해 이야기하지 않고는 나라는 사람에 말하는 것은 불가능하다. 그만큼 엄마는 나의 성격, 인생관, 가치관, 그리고 대인관계에 절대적인 영향을 미쳤다. 나에게 엄마는 원망의 대상, 그리운 존재, 절대 닮고 싶지 않은 반면교사, 피하고 싶은 사람, 그리고 오랫동안 부정해 왔지만 내가 가장 힘들 때 용기를 주는 사람이다.

엄마는 독립심과 생활력이 강하고 자존심이 무척 셌다. 나는 태어나서 지금까지 엄마처럼 자존심이 센 사람을 직접 만나본 적이 없다. 얼굴이 예쁘장하고 체구가 아담한 엄마는 가난한 딸부잣집의 막내였다. 엄마가 중학생일 때, 외할아버지가 아프서서 학교에 다닐 수 없게 되었다. 그러자 초등학교 교실 청소와 서무실 사환 등을 하면서 돈을 벌어 중학교와 야간 고등학교를 마쳤다고 한다.

고등학교를 다니는 동안, 엄마는 낮에는 관광버스 안내원이나 무역회사 사환으로 일하면서 학비를 벌었다. 당시 유행하던 미니스커트를 입고 관광버스를 타고 전국을 누볐다고 한다. 그 시절을 추억하는 엄마의 얼굴에는 전성기에 대한 그리움과 자신에 대한 자랑스러움이 교차하곤 했다. 그만큼 엄마는 자신의 힘으로 살아왔다는 사실에 자부심을 느꼈고 성취에 대한 열망도 큰 사람이었다.

이렇게 씩씩한 엄마의 인생에서 가장 큰 실수가 아버지와 결혼했던 일이다. 객관적으로 봐도 그렇고 무엇보다도 엄마 자신이 입버릇처럼 그렇게 말하곤 했다. 아버지는 시골에서 홀어머니 밑에서 자랐다. 하지만 당시 고위 공무원이었던 친척 덕분에 대학을 나오지 않고도 꽤 좋은 무역회사에 취직했다고 한다. 홀어머니 밑에서 컸다는 사실만 빼면 나름 괜찮은 신랑감이었던 셈이다.

할머니는 아들들을 끔찍하게 위하는 분이셨다. 아버지는 이런 어머니 밑에서 고생을 모르고 자랐다. 어쩌면 고위 공무원이었던 친척 아저씨를 믿고 그랬는지도 모른다. 엄마와 결혼한 후 직장을 덜컥 나와서 인쇄소를 차렸다. 인쇄소는 잘 되었다고 한다. 특히 선거철에는 정말 많은 돈을 벌었다.

그러던 어느 날 갑자기 인쇄소에 불이 나면서 우리 집 가정 경제는 기울기 시작했다. 부모님은 신혼을 단칸방에서 시작해서 몇 년 후에는 집을 사서 이사를 했다. 그런데 그 후 경제 사정이 좋아졌던 적은 한 번도 없었다고 한다. 특히 내가 기억나는 한에서는 내내 내리막이었다. 그것도 천천히, 아주 지속적으로.

내가 자란 시대는 한국 역사상 부동산 가격이 가장 많이 폭등하는 시기였다. 엄마는 정말 쥐어짜듯 생활비를 아꼈다. 우리 집은 수도요금을 내 본 적이 거의 없었다. 엄마는 물이 한 방울씩만 흐르도록 밤에 수도꼭지를 살짝 열어놓았다. 아침에 일어나보면 욕조에 물이 가득 차 있었다. 이렇게 하면 수도요금이 계량되지 않는다고 했다. 수도요금을 검침하는 아저씨는 우리 집에 올 때마다 매번 '이 집은 물도 안 쓰고 사나?'라고 말하며 놀라워했다.

　엄마는 이렇게 돈을 모으고 주변의 정보를 귀동냥하여 주거환경은 조금 떨어지지만 개발될 지역으로 이사를 했다. 이사 간 집은 곧 개발 붐을 타서 가격이 올랐다. 그러면 아버지는 그 집을 담보로 또 사업을 벌였다. 이상하게도 아버지는 하는 사업마다 잘되지 않았다. 사업은 망하고 담보로 잡힌 우리 집은 은행 손에 넘어갔다. 엄마는 화병이 났을 것이다. 하지만 속 시원하게 울고 하소연할 사람이 없었다. 외할머니는 엄마처럼 성격이 깔끔하고 쌀쌀맞은 성격이었다. 딸의 어려움을 보듬어줄 만큼 따뜻한 성격이 아니었다.

　그렇다고 애 셋을 두고 이혼할 수도 없었다. 엄마는 틈만 나면 우리를 앉혀 놓고 아버지의 흉을 보고 욕을 했다.

　'너희 아빠처럼 무능한 사람은 없다. 너희 아빠를 만나 내가 요 모양, 요 꼴로 산다. 너희 아빠는 사기꾼에 거짓말쟁이다. 절대로 너희 아빠 같은 사람과 결혼하면 안 된다. 조금만 더 참다가 못 견딜 지경이 오면 너희 다 두고 도망가 버릴 거다.'

　나와 오빠, 그리고 여동생은 아버지에 대한 욕을 들으면서 웃기도 하고 함께 아버지를 욕하기도 했다. 하지만 참을 수 없었던 것은 엄마가 아빠랑 이혼한다던가, 도망가 버릴 거라는 말이었다. 특히, 나는 고지식하고 주변에서 일어난 일을 마음에 묻고 오래 곱씹어보는 성격이었다. 책에서 보았던 엄마 없는 아이가 된다는 말은 견딜 수 없는 공포였다. 다른 형제들은 그 말을 그다지 심각하게 생각하지 않았을지 모르겠지만 나는 정말로 무서웠다.

　'엄마가 집을 나가면 밥도 내가 하고, 빨래도 내가 하고, 도시락도 내가 싸가야 하는 걸까? 그리고 무서운 계모가 들어와서 우리를 구박하게 되는 걸까?'라는 생각을 했던 것 같다.

엄마는 무능한 남편을 무작정 믿고 살만큼 독립심이 없는 사람은 아니었다. 그렇다고 어린아이들을 떼 놓고 집을 나가버릴 정도로 무책임하지도 않았다. 엄마가 찾은 대안은 '직접 나가서 돈을 버는 것'이었다. 그때부터 엄마는 정말로 많은 일을 했다. 음식 장사에서부터 시작해서 주점, 결혼 상담소 직원, 파출부, 봉제 공장 생산직 직원, 고물상 직원, 그리고 각종 부업이 엄마를 거쳐 갔다. 기술을 배워서 돈을 벌려고 매듭공예와 한복 만들기도 배웠다. 식구들이 엄마가 만든 한복을 입고 좋아하던 기억이 난다. 그 시절을 떠올려보면 우리 집에는 항상 엄마가 하던 부업거리가 쌓여 있었다.

나에게는 냉정하고 모진 엄마였지만 엄마의 인생 그 자체로만 보자면 책을 몇 권 써도 모자랄 정도로 험하고 안타까운 인생을 살았다. 나중에는 노점상을 오래 했는데 여기서 돈을 꽤 모았다. 당시 5천만 원은 꽤 큰돈이었다. 내 기억으로는 우리 가족이 살던 반지하 빌라가 3천만 원이 채 되지 않았다. 아이들을 나 몰라라 하면서 악착같이 돈을 모은 엄마에게 그 돈은 유일한 기쁨이자 보람이자 희망이었을 것이다.

그런데 평생을 미워하던 남편이 어느 날 갑자기 쓰러졌다. 아버지는 한집에 살면서도 엄마와 남남처럼 생활했다. 식사도 직접 챙기고 옷도 직접 사 입었다. 아버지는 기본적으로 게으르고 자기관리와 거리가 먼 편이었다. 저녁을 먹고 바로 누워서 TV를 봤다. 늘 담배를 피웠고 친구들과 어울려 술을 많이 마셨다. 아내의 보살핌을 받지 못하고 건강을 등한시한 아버지는 결국 뇌졸중이라는 병을 얻었다.

그때, 엄마가 아버지의 병실로 찾아와서 간호도 하고 병원비도 냈다. 원수라고 부르며 아버지를 죽일 듯 미워하던 엄마의 그런 행동은 의외기도 하고 놀랍기도 했다. 아버지는 엄마의 보살핌을 받고 재활치료를 열심히 한 후에 건강한 몸으로 퇴원했다.

그 후, 두 분은 화해했다. 아주 오랜만에 다른 부부들처럼 이야기도 나누고 한 방에서 주무셨다. 그렇게 얼마의 시간이 지난 후에 엄마는 자신의 인생에서 두 번째로 어리석은 짓을 했다. 몇 년 동안 그토록 고생해서 모은 돈을 다시 한 번 아버지의 사업 자금으로 보탠 것이다. 그 결과, 엄마는 자신의 생명과도 같았던 돈을 또다시 날리고 말았다.

아버지가 엄마에게 일부러 거짓말을 한 것은 아니었다. 아버지는 남을 너무 쉽게 믿었고 지나치게 낙관적이었다. 나이에 맞지 않게 순진했다. 자본이 별로 없었기에 주로 동업을 했는데 동업자들은 아버지를 배신하고 돈을 갖고 잠적하곤 했다. 아버지가 처음부터 고생이라는 것을 겪으면서 성장한 사람이었다면 타인의 감언이설에 그토록 쉽게 넘어가지는 않았을 것 같다. 하지만 아버지는 홀어머니가 오냐오냐하며 키운 전형적인 온실 속의 화초였다. 엄마가 아버지에게 '제발 트럭 장사를 하더라도 우리 힘으로 먹고살자'고 애원을 해도 아버지는 자신은 몸이 약해서 그런 험한 일은 감당할 수 없다며 엄마의 애원을 뿌리쳤다고 한다.

2층 단독주택에 살던 우리 식구들은 1층 단독, 아파트, 빌라로 점점 집을 줄여가야 했다. 그리고 나중에는 15평 반지하 집에서 거의 10년을 살았다. 반지하라서 장마 때 주변 하천이 범람하면 한밤중에 방 안까지 물이 들어차곤 했다. 그러면 아버지는 물 펌프를 가져와 물을 빼내고 다시 잠드셨다.

내 기억에 엄마와 아버지는 10년 정도 각방을 썼던 것 같다. 그리고 그중에서 5년은 한집에서 살면서 단 한마디도 말을 하지 않았다. 아예 시선을 마주치지도 않았다. 빌라에 살 때, 엄마는 아버지가 꼴도 보기 싫다며 베란다에 이불을 갖다 놓고 한겨울에도 그곳에서 잤다. 지금 생각해보니 남편에 대한 일종의 침묵 시위였던 것 같다.

나와 형제들이 한겨울에 베란다에 누워있는 엄마를 안쓰럽게 생각하고 방으로 들어오라고 했을까? 아니, 그렇지 않았다. 우리에게 엄마는 성난 살쾡이 같은 존재였다. 무서워서 말도 붙이지 못했다. 그냥 집안에서 우리끼리 밥을 차려 먹고 알아서 학교에 가는 생활을 했다. 도시락은 아버지가 싸 주실 때도 있고 각자 알아서 싸서 갈 때도 있었다.

남편에 대한 원망, 자신의 인생에 대한 좌절감 때문이었을까? 엄마는 화를 감당하지 못했다. 그리고 그 분노의 배출구는 주로 아이들, 특히 나였다. 손찌검하거나 드러나게 학대를 한 것은 아니었다. 엄마가 힘없는 아이를 이유 없이 때리거나 하는 그런 인격의 소유자는 아니다. 엄마의 무기는 언어폭력이었다. 엄마는 가슴에 품은 불만과 좌절을 세상에 대한 원망과 나에 대한 비난으로 쏟아냈다. 나의 모든 것이 비난의 대상이었다. 외모에서부터 성격, 버릇, 능력, 말투까지. 나의 모든 것이 엄마의 마음에 들지 않았다.

돌이켜보면 내 성격도 엄마의 분노를 키우는데 한몫을 했던 것 같다. 엄마가 화를 낼 때 그냥 울어버리고 엄마에게 매달렸다면 엄마는 안쓰러운 마음에 안아주었을지도 모른다. 하지만 나는 그냥 듣기만 했다. 묵묵히.

그 동안 겉으로 표현하지는 않았지만, 나는 속으로 죄책감을 느끼고 있었다. 내 성격 때문에 엄마한테 사랑받지 못했다고. 하지만 아이를 낳고 키우고 많은 육아책을 읽으면서 깨닫게 되었다. 그때의 나는 아무런 잘못도 책임도 없었다는 것을. 어린아이는 존재만으로 사랑받아야 하고 그 아이의 모든 성격과 행동은 유전과 육아의 결과물일 뿐이다. 지금은 확실하게 말할 수 있다. 엄마가 힘든 삶을 살아온 것은 사실이고 정말 가슴 아프게 생각한다. 하지만 그때 어린 딸을 사랑해주지 않고 늘 비난했던 것은 엄마의 잘못이었다.

나에게 가족이란

돌이켜 보면 나는 참 이상한 가족 속에서, 가정에서 자랐다. TV에 나오는 화목한 가정은 보기 좋게 꾸며낸 이야기일 뿐이라고 생각했던 것 같다. 나의 부모님은 늘 돈 때문에 싸우고 성난 말로 서로에게 깊은 상처를 주었다. 늘 서로를 비난하고 외면했다. 내 기억 속에는 평생 싸우고 서로를 할퀴고 나중에는 투명인간 취급하며 살았던 부모님의 모습밖에 남아 있지 않다.

과거를 CCTV처럼 돌려볼 수 있다면 좋겠다. 분명히, 함께 웃으면서 밥을 먹고, 투박하지만 서로를 위하는 마음에서 따뜻한 이야기를 나누던 순간이 더 많았을 것이다. 20년이라는 긴 시간 동안 매일 매일 싸우고 대립하면서 살았을리는 없다. 하지만 어린 시절과 청소년기를 생각할 때마다 지배적으로 띠오르는 이미지는 서로를 남남, 아니 원수처럼 대하여 한집에서 살던 부모님과 처음에는 그런 상황을 무서워했지만 나중에는 덤덤해지고 무관심해진 형제들의 지친 얼굴이다.

　가족이 함께 외식하거나 놀러 간 기억은 거의 없다. 아니, 딱 한 번 있다. 내가 초등학교 3학년 때였던 것 같다. 온 가족이 남산으로 놀러 갔었다. 한복을 입은 예쁜 이모들이 구워주는 맛있는 숯불갈비를 먹고 후식으로 나온 수정과를 감탄하면서 마셨다. 그리고 남산타워 아래에서 가족사진을 찍었다. 사진사 아저씨가 찍어주는 사진이었으니 분명히 무슨 좋은 일이 있었을 것이다. 하지만 잘 기억이 나지 않는다.

　아, 그러고 보니 또 하나 있다. 민속촌에 놀러 갔었는데 인형가게에서 여동생에게만 인형을 사주고 나에게는 사주지 않았다. 나는 이미 초등학교 중학년이었기 때문에 미취학 아동이었던 동생에게만 인형을 사주었을 것이다. 섭섭한 마음에 그렁그렁한 눈물을 참느라 애썼다. 그러느라 민속촌 구경이 전혀 재미있지 않았던 기억이 어렴풋이 난다. 더 어렸을 때는 부산으로 여름휴가도 갔다는데 그 일은 전혀 기억이 나지 않는다. 튜브를 탄 아이들을 데리고 바닷물 속에 있던 엄마의 모습은 앨범 속 흑백 사진으로만 남아 있다.

　사람은 누구나 과거를 그리워하는 것 같다. 현재가 힘들다고 느끼거나 미래가 불안해서 그럴 것이다. 한 살이라도 더 젊었던 때로 돌아가고 싶은 마음에서인지도 모른다. 어쩌면 과거에 있었던 나쁜 일들은 모두 잊고 좋은 일만 기억하려는 본능 때문인지도 모르겠다. 하지만 나는 과거로, 어린 시절로 조금도 돌아가고 싶지 않다.

　최대한 객관적으로 생각해 보았다. 내 어린 시절을. 부모님을 너무 평가절하하는 것이 아닌가 하는 생각에서 다시 한 번 돌아보았다. 우리 집은 먹을 것은 충분히 있었다. 적어도 쌀이 떨어져서 끼니를 걸렀던 것은 없다. 입을 옷도 있었다. 살던 집에서 쫓겨나 온 가족이 뿔뿔이 헤어지지도 않았다. 이사 가는 날

잔금이 부족해서 부모님이 돈을 구해올 때까지 몇 시간을 애태우면서 기다렸던 기억은 있지만.

수업료를 밀려서 선생님께 불려간 적은 몇 번 있지만 어찌 되었든 학교는 계속 다녔다. 부모님이 아이들을 폭행하지도 않았다. 가끔 엄마가 화를 주체하지 못하고 빗자루로 사정없이 때릴 때도 있었지만 상습적인 구타는 아니었다. TV나 신문에서 보면 나보다 훨씬 더 비참한 환경 속에서 학대받으며 사는 아이들이 아직 많다. 그럴 때면 나와 형제들은 그나마 운이 좋은 편이었다는 생각도 든다.

문제는 가족 사이에 애틋하고 끈끈한 정이 전혀 없었다는 것이다. 단지 돈이 문제였다면 온 가족이 똘똘 뭉쳐서 어떻게든 위기를 헤쳐 나갈 수도 있었을 것이다. 아이들도 가정의 위기를 보면서 공부를 열심히 해서 부모님에게 힘이 돼 드려야겠다는 생각을 했을 것이다. 하지만 엄마는 집안 꼴이 이렇게 된 것은 모두 무능한 남편 탓이고 아이들도 모두 남편이 책임져야 한다고 말하곤 했다. 자신은 자신의 살길을 찾겠다며 완전히 제삼자인 것처럼 말하고 행동했다.

'난 돈 모아서 내 갈 길 갈 거야. 너희들은 너희 아버지랑 알아서 살아.' 이런 말을 일상적으로 들으면서 엄마가 진짜 남처럼 느껴졌다. 적어도 남이라면 딸의 자존감을 떨어뜨리는 말은 하지 않았어야 했다. 하지만 엄마는 말로는 남이라고 하면서 나의 외모, 나의 성격, 내가 가진 습관을 일상적으로 비난했다.

지금 생각하면 엄마가 나를 사랑하긴 했다. 사랑했기에 내가 가진 단점들이 더 크게 보이고 마음에 들지 않았을 것이다. 그리고 그 불만과 아쉬움을 속으로 삭이지 못하고 밖으로 내뱉어서 나에게 상처를 주었을 것이다. 엄마는 늘 그렇게 말했다. 자신은 사탕발림 같은 거 못한다고. 객관적으로 말해야 상대방에게 도움이 된다고. 하지만 엄마의 그 마음을 헤아리기엔 그때 나는 너무 어렸다.

엄마는 아버지와 각방을 쓰면서부터 살림에 일절 손을 대지 않았다. 밥도 하지 않았고 빨래도, 청소도 하지 않았다. 아빠가 밥을 하고 나와 형제들은 알아서 챙겨 먹고 설거지를 해 놓았다. 물론 밤늦게까지 힘들게 일하고 들어오는 엄마를 안타깝게 생각하는 마음도 조금은 있었다. 하지만 엄마는 '내가 이렇게 고생하면서 돈 버는 건 다 나 잘살려고 그러는 거다. 돈 모으면 집 나갈 거다. 너희들은 무능한 아버지나 믿고 살아라.'고 말하곤 했다. 어릴 때야 엄마가 그런 말을 해도 그런가 보다 했지만, 사춘기가 되면서 그런 엄마가 너무 싫어졌다.

하루는 내일이 소풍이었는데 아버지가 늦게까지 집에 들어오지 않았다. 엄마한테 김밥 재료를 사게 돈을 좀 달라고 어렵게 말을 꺼냈다. 엄마는 화를 벌컥 내며 '왜 나한테 돈을 달라고 하느냐? 가장인 너희 아버지에게 이야기하라'고 하시며 돈을 주지 않았다.

엄마에게는 분명히 돈이 있었다. 하지만 남편에 대한 분노가 뼈에 사무쳤기 때문에 가정의 행복을 위한 어떤 행동도 하고 싶지 않았을 것이다. 나는 12시까지 발을 동동 구르다가 늦게 들어온 아빠와 함께 시장에 가서 김밥을 사 왔다. 그런데 다음날 소풍을 가서 도시락을 열어보니 김밥은 상해 있었다. 하나도 못 먹고 다 버리고 왔던 기억이 난다.

아마 그때부터였던 것 같다. 힘이 들어도, 어려운 일이 있어도 남에게 털어놓거나 손을 내밀지 않았던 것은. 나는 내 이야기를 친구들에게도, 그 누구에게도 하지 않았다. 자존심이 상하기도 했고, 친구들이 나를 불쌍한 눈으로 보는 게 싫었다. 하지만 가장 큰 두려움은 외면당하는 것에 대한 공포였다. 엄마한테 몇 번 거절당하고 외면당한 후부터 나는 주변에 손을 내밀지 않았다.

나에게 세상에서 가장 부러운 사람은 돈이 많은 사람도 아니고, 외모가 아름다운 사람도 아니었다. 나는 자신을 거리낌 없이 오픈하고 부끄러운 이야기를 아무렇지도 않게 하는 사람이 부러웠다. 주저하지 않고 주변 사람들에게 도움을 요청하는 사람이 부러웠다. 자연스럽게 도움을 주고받는 사이는 서로에 대한 신뢰를 바탕으로 한다. 손을 내밀어도 거절당하지 않을 것이라는 믿음, 적어도 따뜻한 위로를 받을 수 있다는 믿음이 있어야 한다. 하지만 엄마에게도, 나에게도 그런 믿음이 없었다.

엄마는 여자로서 내가 알아야 할 일을 하나도 말해주지 않았다. 엄마는 평소에 장사하느라 밤늦게 들어오고 집에 있는 주말에는 종일 누워있었다. 그렇기 때문에 아이들과 살가운 이야기를 할 시간도, 마음의 여유도 없었을 것이다. 학교에서 사춘기와 생리에 대해 배웠고 책에서도 읽었지만, 막상 그런 일이 생기니 당황스러웠다. 엄마한테 슬쩍 말을 꺼내보니, '생리대 사서 쓰면 돼'라는 무뚝뚝한 대답이 돌아왔다.

이런 상황에서 나와 형제들이 나쁜 길로 빠지지는 않았다. 그냥 폐쇄적인 생활을 했을 뿐이다. 친척들과는 예전에 연락이 끊겼다. 명절에도 다른 집을 방문하는 일이 전혀 없었다. 집에 손님이 오는 일도 없었고 당연히 집에 친구를 초대하는 일도 금기였다. 나는 정상적이지 못한 집이 창피했고 남에게 알려질까 봐 두려웠다.

나보다 한 살 위인 오빠는 반항적이었다. 오빠도 가정 상황에 불만이 많았을 것이다. 그런데 그 불만을 주로 여동생들을 괴롭히는 것으로 풀었다. 우리를 상습적으로 때렸다. 중학교 1학년 때 사소한 일로 오빠한테 뺨을 맞은 후 나는 오빠와 몇 년간 말을 하지 않았다. 오빠한테 사과를 받을 때까지 몇 년 동안 한 집에 살면서 정말 단 한마디도 하지 않았고 시선을 맞추지도 않았다.

객관적으로 오빠가 잘못한 것이 맞다. 하지만 내가 오빠를 투명인간 취급하는 방식으로 대응했던 것은 엄마의 영향이었던 것 같다. 한집에 살면서 아버지와 말도 하지 않고 남남처럼 사는 엄마를 보면서 자연스럽게 그런 식으로 오빠에게 대항했던 것 같다. 오빠에게 침묵 시위를 한 기간은 3년 정도 계속됐다. 이 기간에 우리 집에서는 대화가 거의 없었다. 한집에서 아버지와 엄마, 오빠와 나는 서로의 존재를 완전히 무시했다. 그런데도 부모님은 사는데 바빠서, 각자의 괴로움에 지쳐서 아이들이 잘 지내는지, 말을 하는지 안 하는지 신경도 쓰지 않고 내버려 뒀다.

이런 상황에서 유일하게 내가 의지하고 좋아했던 사람은 여동생이었다. 내 여동생은 나와는 성격이 정반대였다. 순하고 감성적이었다. 무뚝뚝한 우리 식구답지 않게 친화력이 있었다. 친구가 별로 없었던 나는 책을 읽거나 공상을 하거나 여동생과 놀면서 대부분의 시간을 보냈다. 어린 시절의 나는 상상력이 제법 풍부했던 것 같다. 부모님이 안 계시고 장난감도 별로 없는 집 안에서 우리는 정말로 많은 놀이를 했다.

내가 기발한 놀이를 생각해서 제안하면 동생은 좋아하면서 무조건 놀이에 참여했다. 엄마, 아빠에 대한 서운함과 불만도 서로에게 털어놓았다. 우리는 맹세했다. 결혼 같은 것은 절대 안 할 거고, 오빠 같은 남자는 최악이며, 나중에 아이를 낳으면 무조건 예뻐하면서 키울 거라고. 어쩌다 밤에 부모님이 언성을 높이며 싸우면 우리 둘은 책상 밑으로 들어가 손을 꼭 잡고 벌벌 떨면서 싸움이 끝나기를 기다렸다. 어린 시절 내 동생은 내가 유일하게 숨 쉴 수 있는 구멍이었다.

봉인하고 싶은 기억들

지금부터 내가 하려고 하는 이야기는 엄마를 이해하는 지금의 내가 아닌 8살 어린아이로서의 고백이다. 내 가족들 중 아무도 이 일을 기억하지 못한다. 형제들은 물론 엄마 본인조차도. 나에게는 무척이나 힘든 기억이었기 때문에 의식 깊은 곳에 봉인해 두었던 것 같다. 꿈에서 기억이 되살아나 베개가 젖도록 나를 혼자 울게 했던 것은 그로부터 20년이 지난 후였다.

몇 살 때부터였는지 잘 기억나지 않는다. 어느 순간부터 나는 열심히 손톱을 물어뜯고 있었다. 엄마는 버릇을 고친다고 내 손톱에 매니큐어도 발라주고 나중엔 고추장도 발랐다. 그런데도 나는 피가 날 정도로 손톱을 물어뜯었다. 손톱 주변에 손가락 살과 나중에 손가락 마디의 피부까지 뜯어냈다. 남들 앞에 손을 내밀 수 없을 정도로 손이 보기 흉했다.

아마 불안 때문이었던 것 같다. 초조하고 불안해지면 손가락이 저절로 입에 들어갔다. 집에서는 항상 안 좋은 일이 갑자기 생기곤 했다. 따라서 그런 일이 일어날 것 같은 조짐이 보이면 나도 모르게 손톱을 뜯고 있었다. 입술도 물어뜯었다. 그것도 맹렬하게. 더 뜯어낼 수 없을 정도로 아프고 피가 날 때에만 멈출 수 있었다. 이 버릇은 아주 오래 지속되었다.

지금도 나는 손톱을 길게 기르지 못한다. 전처럼 손톱을 물어뜯지는 않는다. 하지만 한 번도 길게 길러본 적이 없기 때문에 손톱이 조금만 자라면 답답해서 짧게 잘라버린다.

또 나는 오줌 싸는 아이였다. 기저귀도 일찍 떼었다던데 무슨 이유에서인지 갑자기 밤에 오줌을 싸는 일이 생겼다. 이런 일이 몇 번 반복되자 엄마는 무척 화를 내고 나를 구박했다. 처음에는 허약한 아이에게 그런 일이 생길 수 있다고 해서 비타민을 사서 먹였다. 은행 열매도 먹였고 소간도 먹였다. 하지만 야뇨증은 잘 낫지 않았다. 어느 날 일요일 아침, 엄마는 이불에 오줌을 싼 나에게 팬티 바람으로 키를 씌우고 이웃집에 가서 소금을 얻어오라고 했다. 아마 창피를 주면 정신을 차리고 더는 오줌을 싸지 않을 거라고 생각했던 것 같다.

비 오는 여름날이었다. 비를 맞으며 이웃집에 가서 소금을 얻어 와야 할지, 아니면 엄마가 화가 풀릴 때까지 기다려야 할지 몰라 나는 대문 앞에서 꽤 오랫동안 서 있었다. 혹시 남이 볼까봐 고개를 푹 숙이고서. 그때는 단독주택에 살고 있었기 때문에 주변에는 동네 친구들이 많았다. 이른 아침이었지만 혹시 친구들이 내 모습을 보게 될까 봐 두려웠던 기억이 난다.

야뇨증이 몇 달 동안 지속되자 이불을 하나도 주지 않고 나를 그냥 방바닥에서 자게 한 적도 있었다. 세탁기가 없었던 시절이었으니 이불 빨래를 하느라 엄마가 얼마나 힘들었을지 짐작은 간다. 하지만 내가 엄마를 골탕 먹이려고 일부러 오줌을 쌌던 것은 아니다. 생각해보면 엄마가 무섭고 엄마에게 혼이 나는 일이 반복되자 불안해서 그랬던 것 같다. 밤에 잠자기 전에 울면서 '오늘 밤에는 오줌을 싸지 않게 해 주세요'라고 기도하고 자곤 했다. 교회도 다니지 않았는데 매일 밤 하느님에게 기도했다.

하루는 엄마가 나를 앞에 앉혀 두고 불같이 화를 냈다. '왜 이렇게 나를 힘들게 하냐고'. '너 때문에 못 살겠다고'. 엄마는 한번 화를 내기 시작하면 그 화를 참지 못하고 길길이 뛰었다. 마치 산불이 바람을 타고 순식간에 번지는 것 같았다. 그 날도 엄마는 화를 내다가 손에 잡히는 마론 인형을 있는 힘껏 나에게 던졌다. 일부러 그랬는지 실수로 그랬는지는 잘 모르겠다. 인형이 손등에 맞아 피가 났다. 너무 아파서 손등을 부여잡고 소리죽여 울었던 기억이 난다.

아이들이 무슨 잘못을 하면 부모는 그 잘못만을 지적해야 한다. 하지만 결혼생활에 대한 불만이 극에 달했던 엄마는 아이들의 작은 잘못을 마치 대역죄처럼 취급했다. 남편에 대한 불만, 쪼그라드는 가정경제에 대한 불안, 결혼에 대한 후회를 아이들에게 모두 쏟아내곤 했다. 그리고 그 대상은 거의 나였다.

야뇨증이 언제 나았는지 잘 모르겠다. 병원에 데려가서 의사 선생님 말을 들어보기라도 했으면 좋았을 텐데. 아니면 그냥 모른 척하고 몇 달 내버려 두었다면 저절로 나았을 텐데. 하지만 엄마는 마음에 안 드는 일을 그냥 두고 보거나 시간의 힘을 믿고 기다려보는 느긋한 성격의 소유자가 아니었다. 성격이 급했고 빨리 결과를 확인해야 했다. 나쁜 일이라고 생각되면 정면으로 맞붙어 이판사판으로 승부를 내야 하는 사람이었다.

엄마는 성격이 불같았다. 체구도 목소리도 작고 여성스러웠지만, 마음에 안 드는 일은 조금도 참지 못했다. 어느 겨울날, 저녁을 먹다가 내가 엄마한테 무슨 말대답을 했던 것 같다. 엄마는 무서운 눈으로 나를 노려보다가 일단 밥 먹고 보자고 했다. 밥을 다 먹고 나서 나는 맨발로 집에서 쫓겨났다.

추운 겨울이었는데 양말도, 신발도 못 신고, 잠바도 없이 내복 차림으로 집에서 쫓겨난 것이다. 현관문 앞에서 잘못했다고 울며 빌었던 기억이 선명하다. 나중에는 손이 얼고 턱이 덜덜 떨려서 말도 나오지 않았다. 형제들이 문을 열어주어서 간신히 들어왔다. 집에 들어와서 '다시는 말대답을 하지 않겠습니다.' 라는 반성문을 쓰고 나서야 간신히 잠을 잘 수 있었다.

딸이 추운 겨울에 맨발로 집 밖에서 울고 있는 동안 엄마는 마음이 아팠을까? 아마도 그랬을 것이다. 마음은 아프지만 안 좋은 버릇은 초장에 호되게 잡아야 한다고 생각했을 것이다. 엄마는 그런 신념의 소유자니까. 매운맛을 봐야 정신을 차린다고 늘 말하곤 했다. 엄마 입장에서는 내가 남편 다음으로 엄마를 힘들게 하는 존재였으니까.

하지만 아이들은 어른이 아니다. 아이들은 어른들처럼 어떤 뚜렷한 목적을 갖고 행동하지 않는다. 그저 주변 상황이 자연스럽게 행동에 반영되어 나타날 뿐이다. 주변 상황이 불안하면 불안한 마음을 드러내는 행동을 하고 평안하고 행복하면 그런 감정이 담긴 행동을 할 뿐이다.

엄마가 그렇게 싫어하는데도 엄마를 약 올리고 힘들게 하려고 일부러 손톱을 물어뜯고 밤에 오줌을 쌌던 것은 아니다. 나도 엄마한테 사랑받고 싶었다. 혼나고 싶지 않았다. 하지만 원하지 않는데도 나도 모르게 그렇게 되었다.

아주 오랫동안 기억에서 지워버렸던 순간들이었다. 일부러 지웠을 수도 있고 바쁘게 살다 보니 어느 순간 잊게 되었는지도 모른다. 그 기억이 되살아난 것은 첫 아이를 낳고 키우면서였다. 하필 왜 그때 그 기억이 되살아났는지 모르겠다. 어느 날 밤 악몽을 꾸게 되었는데 꿈에서 본 모습은 집에서 쫓겨나 울고 있는 한 아이였다.

깨어나 보니 눈물이 흘러 베개가 흠뻑 젖어 있었다. 그 새벽에 나는 혼자 일어나 한참을 울었다. 그 아이가 불쌍해서 울었다. 이제는 엄마를 이해하게 된 어른으로서가 아니라 그 아이의 마음으로 돌아가서 아이를 위해 울었다. 남편이 잠에서 깨어나 영문도 모르고 나를 위로해준 적도 있다. 그렇게 몇 밤을 울고 난 후 악몽은 사라졌고 아이는 다시 나타나지 않았다.

지금은 누구도 기억하지 못하는 순간들이다. 나의 의식 깊은 곳에 철저하게 묻어버렸던 기억들이다. 아마도 아기를 키우는 동안 어린 시절을 많이 생각하게 된 틈을 타서, 그때의 악몽이 일시적으로 봉인에서 해제되었던 것 같다. 앞으로는 그런 악몽을 꾸는 일은 없을 것 같다. 아니 있더라도 잠에서 깨어나 그렇게 서럽게 울지는 않을 것 같다. 그냥 덤덤하게 아이를 보내고 다시 잠들 수 있을 것 같다.

엄마는 지금 그때의 일을 전혀 기억하지 못한다. 생각해보면 엄마에게는 별로 대수롭지 않은 사건일 수도 있다. 사실, 아이를 키우는 동안에는 별별 일들이 다 일어난다. 그 일들을 모두 마음에 담고 기억하며 살 수는 없다. 아니면 엄마에게도 그 시절은 잊어버리고 싶고, 지워버리고 싶은 시간인지도 모른다.

나는 지금까지 단 한 번도 엄마에게 왜 그때 그렇게까지 했는지 물어보지 않았다. 물어보고 싶을 때도 있었지만 그렇게 하지 않았다. 엄마에게는 이미 나쁜 기억이 아주 많기 때문이었다. 이제는 엄마가 나쁜 일은 모두 잊어버리고 좋은 일만 기억하면서 남은 인생을 사시길 바란다.

환상 속으로의 도피

이런 환경 속에서 나는 머릿속으로 '더 화목한 가정, 돈 문제가 없는 집, 따뜻한 엄마'를 꿈꾸곤 했다. 초등학교 때는 '혹시 내가 어릴 때 병원의 실수로 다른 집에 오게 된 것은 아닐까?'라는 상상을 했다. 지금은 엄마와 닮았다는 말을 많이 듣는다. 하지만 그때는 사람들과의 교류가 별로 없었던 폐쇄적인 생활을 하고 있었기 때문에 그런 말을 거의 듣지 못했다. 게다가 엄마는 "쟤는 도대체 누굴 닮았는지 몰라! 우리 집안에 저런 애가 없는데. 돌연변이야, 돌연변이"라는 말을 많이 했다. 따라서 아이로서 그런 의심을 한 번쯤 품을 만도 했다.

학교에서는 수업 시간 내내 공상, 내지는 상상을 했다. 학급당 학생 수가 워낙 많던 시절이었다. 나는 조용한 여자아이였으므로 수업 시간에 딴생각을 해도 선생님 눈에 띄지 않았다. 책을 펴 놓고 고개는 선생님 쪽으로, 시선은 창밖으로 향하고 신나게 상상의 나래를 펼쳤다. 하나의 작은 생각, 작은 관찰이 다른 곳으로 가지를 뻗었다. 처음에는 전혀 상상도 하지 못한 곳으로 거칠 것 없이 달려가는 공상의 세계란 정말 신나고 달콤했다.

아마 이때부터였던 것 같다. 나는 선생님의 지시 사항을 잘 듣지 못했다. 다른 아이들이 다 아는 일을 나만 모르는 일이 허다했다. 심지어 소풍 장소가 바뀌었는데도 나만 모르고 딴 곳으로 간 적도 있었다. 소풍 장소에 가보니 아무도 없어서 혼자 집으로 돌아와서 동생과 김밥을 나눠먹은 기억이 난다. 하지만 속상하지는 않았다. 그때의 나는 소풍을 별로 좋아하지 않았다. 오히려 동생과 집에서 우리만의 소풍놀이를 하는 편이 더 재미있었다.

다행히 우리 집에는 책이 많았다. 엄마는 육아에 적합한 성격은 아니었지만, 아이들의 지능 계발에 신경을 쓰는 편이었던 것 같다. 그나마 형편이 좋았을 때 사들인 것인지는 모르겠지만 집에는 책이 꽤 많았다. 동화책 전집, 세계명작동화, 위인전, 역사책, 백과사전 전집, 일본소설, 중국소설, 여행기 등.

특히 중국 고전들이 많았는데 나중에 알고 보니 여기에는 사정이 좀 있었다. 그때는 가정집을 돌아다니면서 전집을 판매하는 책 외판원이라는 사람들이 있었다. 마음이 약한 아빠는 아는 사람들의 부탁을 거절하지 못하고 그 비싼 전집들을 할부(그 때는 월부라고 불렀다)로 구입했다. 엄마는 한쪽 방에 쌓여 있는 책들을 보면서 똑 부러지지 못한 아빠를 탓하곤 했다.

처음에 그 책들은 우리 형제들의 장난감이었다. 학원도 없던 시절이어서 우리 형제들에게는 남아도는 것이 시간이었다. 부모님이 모두 일하러 나가 집에 아무도 없을 때, 우리는 그 두꺼운 책들을 바닥에 깔고 징검다리 건너기 놀이, 한 칸 또는 두 칸 건너서 뛰기 등의 놀이를 했다. 책으로 탑도 쌓고 책 페이지를 넘겨서 나오는 사람 수만큼 책장을 넘겨서 누가 빨리 한 권을 넘기나 하는 놀이도 했다.

　초등학교 때는 주로 동화책과 학습만화, 역사만화를 읽었다. 집에 있는 책을 마르고 닳도록, 내용을 다 외울 정도로 읽었다. 자연스럽게 학급 문고로 넘어갔다. 가끔 친구 집에 놀러 가게 되면 그 집의 책을 웬만큼 다 읽고 오곤 했다. 동화책을 거의 다 읽고 나니 읽을 책이 없어서 그림이 하나도 없는 세로줄 책으로 넘어갔다. 삼국지, 수호지, 초한지, 한비자, 공자, 맹자, 장자, 처칠 회고록 등도 거침없이 읽었다.

　목적이 없는 독서였으므로 내 마음대로 읽었다. 재미없는 부분은 과감히 건너뛰고 여러 권을 펼쳐두고 관련 내용을 연결하면서 읽기도 했다. 지식이 퍼즐처럼 맞춰지면서 형체를 드러내는 것이 재미있었다. 내가 특히 열광했던 분야는 역사였다. 역사책에서 모르는 단어나 사건이 나오면 백과사전과 인명사전을 뒤져서 전반적인 개념을 잡았다. 그 후 관련 인물의 위인전이나 자서전을 읽고 연결되는 사상은 철학책을 읽음으로써 지식을 확장해 나갔다. 그물망처럼 연결된 지식과 역사의 세계가 재미있었다. 책을 읽으라는 사람은 아무도 없었지만, 아버지가 월부로 떠안은 애물단지 책들은 이렇게 그 값을 다했다.

　역사에 대한 관심은 세계문학으로 이어졌다. 여학생들의 필독서라고 할 만한 오스틴 자매의 책도 이때 읽었다. 어느 추운 겨울날 아침 제인 에어를 다 읽고 난 후 느꼈던 감동을 잊을 수 없다. 중학교 2학년 즈음이었다. 예쁘지 않고, 사랑받지 못하고 큰 제인 에어가 주체적으로 자아와 사랑을 찾아가는 이야기는 내가 가야 할 길처럼 느껴졌다. 게오르규의 「25시」, 앙드레 말로의 「인간의 조건」, 서머싯 몸의 「인간의 굴레」, 헤르만 헤세의 「데미안」, 토마스 만의 「마의 산」, 알베르 카뮈의 「이방인」과 「페스트」 등도 집중해서 읽었다.

나는 책을 많이 읽는다기보다 반복해서 읽었다. 빨리 읽는 편이었지만 양으로 확장하기보다는 마음에 드는 책을 질릴 때까지 보는 편이었다. 냉랭하고 걱정스러운 집안 상황을 잊기 위해 자연스럽게 택한 독서다 보니, 현실에서 먼 서양 문학이나 역사를 더 좋아했던 것 같다.

혼자 책을 읽을 때가 가장 편안하고 행복했다. 책이 없었다면 아마도 나는 비뚤어지거나 바람직하지 못한 방향으로 나아갔을지도 모른다. 아침부터 밤 늦게까지 부모님은 집에 거의 계시지 않았고 신경을 써 주는 사람은 아무도 없었다. 하지만 우리 형제들은 각자의 방식대로 시간을 보내면서도 소위 비행 청소년이 되거나 나쁜 길로 빠지지는 않았다. 여동생은 기본적으로 사교적인 성격이었으므로 주로 친구들과 밖에서 시간을 보냈다. 집에 잘 있지 않았다.

오빠의 탈출구는 음악과 영화였다. 오빠는 영화광이었다. TV에서 하는 영화를 모조리 보는 것은 물론이고 본 영화의 제목, 감독, 주연, 줄거리 등을 카드에 써서 연도별로 정리했다. 오빠의 방에는 영화 카드를 담은 상자들이 쌓여 있었다. 나중에는 시나리오도 썼는데 읽어 본 적은 없다. 여동생에게 자신이 구상하고 있는 영화의 장면을 이야기해주는 것을 얼핏 들은 적이 있다. 방치된 상황이었지만, 오빠와 나는 관심 분야에 나름 집중할 수 있었던 셈이다. 그 집중력과 혼자만의 시간을 즐기는 힘이 나중에 공부로 연결되기도 했다.

나는 중학생 때부터 조금씩 만화의 세계에 발을 들여놓았다. 그리고 고등학교 때는 만화에 완전히 빠져버렸다. 다른 여학생들처럼 순정만화는 나에게 큰 기쁨이었다. 중학생 때는 밤늦게까지 동네 만화방에서 만화를 보았다. 특히 김혜린의 만화는 메시지가 철학적인 데다 그 안에 나오는 많은 등장인물은 하나같이 각자의 사연을 갖고 있었다. 주인공이 아닌 조연들에게까지 이유와 사연을 부여하면서 하나의 큰 주제를 흔들림 없이, 밀도 있게 풀어나가는 작가의 능력에 감탄했다. 약하고 보잘것없는 주변 인물들에 대한 작가의 애정을 느낄 수 있었다.

그때부터 나의 꿈은 만화가가 되었다. 그 전에는 딱히 꿈이 없었다. 학교에서 꿈을 적어내라고 하면 그냥 주위에서 많이 듣고 남들이 좋다고 하는 '선생님'을 적어 냈다. 하지만 나는 교사가 되고 싶은 생각이 조금도 없었다. 그때는 그렇게 느껴졌다.

대학에 가게 되면 무조건 만화 공부를 시작할 거라고 다짐했다. 만화를 그리기보다는 주로 어떤 스토리로 작품을 풀어나갈 것인지 머릿속으로 구상했다. 여동생도 순정만화를 좋아했기에 같이 좋아하는 작품과 인물들에 대해 신나게 이야기를 나누기도 했다.

한창 또래 친구들과 어울려 다니면서 떡볶이도 먹고 수다를 실컷 떨어야 하는 나이였다. 하지만 나는 환상의 세계가 더 좋았다. 아니, 어쩌면 환상의 세계가 더 편했는지도 모른다. 거리낄 것 없이 친구들과 몰려다니는 아이들을 보면 부러웠지만, 그렇게 할 수 없었다. 고지식했던 나는 친구들을 깊이 사귀게 되면 모래알 같은 가족들과 부끄러운 집안 사정을 밝힐 수밖에 없다고 생각했다.

사실 다들 고만고만하게 사는 서울 변두리 지역이었다. 그런데도 나는 우리 집이 세상에서 제일 이상한 가정이라고 생각했다. 내 사정을 알게 되면 모두 나를 싫어할 거라고 생각했던 것 같다. 그래서 학교에서 친하게 지내는 친구는 한 명씩 있었지만, 친구들과 그룹을 지어 몰려다니며 놀았던 적은 단 한 번도 없었다.

세상과의 단절

우리 가족들은 외부 세계와 고립된 생활을 하고 있었다. 엄마는 자존심이 매우 강했다. 아버지는 사업 자금이 부족해지자 엄마의 친정 식구들과 친척들에게 돈을 빌렸다. 자존심 강한 엄마가 그것을 용납했을 리가 없었다. 아버지는 엄마와 이모들에게 비밀로 하고 동서들에게 돈을 빌렸고 결국 그 돈을 갚지 못했다. 이모들은 다들 형편이 좋지 못했다. 셋째 이모 집에 갔다가 분노한 이모로부터 물세례를 맞은 엄마는 그 날부터 친정 식구들과 왕래를 하지 않았다.

아버지 쪽 친척들도 사정은 마찬가지였다. 특히 큰어머니는 성격이 엄마 못지않게 드셌다. 안 그래도 고까운 손윗동서와 돈 문제로 얽히자 엄마는 큰집과의 관계를 완전히 끊어버렸다. 큰 집에 차례를 지내러 간 일은 아주 희미한 기억으로만 남아 있다. 이후 단 한 번도 큰집을 방문하지도, 사촌들을 만나보지도 못했다. 엄마는 남에게 아쉬운 소리를 하는 것을 죽기보다 싫어했다. 자신과 관계없이 남편 때문에 무책임하고 뻔뻔한 사람으로 낙인찍힌 것을 도저히 참아내지 못했다.

내가 기억나는 한에서, 엄마는 항상 기분이 좋지 않았다. 늘 돈 걱정이 따라다녔으니 그럴 법도 했다. 그래도 다른 여자들이라면 남편을 믿고 기다렸을 것이다. 아니면 남편이 벌린 일이니 알아서 수습할 거라고 생각하고 그냥 아이들과 정상적인 생활을 했을 것이다. 하지만 엄마는 그런 느긋한 성격이 아니었다. 한번 걱정에 사로잡히면 다른 일들은 안중에도 없었다. 불안이 많았고 걱정거리에 과도하게 집착했다.

초등학교 3학년 때였던가? 한번은 집에 친구를 데려간 적이 있다. 그때만 해도 우리 집은 외형적으로는 다른 집과 크게 다를 바 없이 살고 있었다. 집에 엄마가 없기를 기대하고 갔지만, 불행히도 엄마가 집에 있었다. 친구가 인사를 했지만, 엄마는 인사를 받는 둥 마는 둥 했다. 근심에 사로잡힌 얼굴이었다. 분위기가 싸늘했기 때문에 친구랑 방에서 놀다가 그냥 갈 생각이었다. 보통 손님이 집에 오면 과일이나 음료수라도 내어 주기 마련인데 아무런 기척이 없었다. 그때 갑자기 엄마의 화난 목소리가 들렸다. 아마 전화로 누군가와 다투는 것 같았다. 친구는 '나 때문에 너희 엄마가 화났나 보다'라고 하고는 도망치듯이 집에 가버렸다.

다음날 학교에 갔더니 그 친구가 다른 아이들에게 'ㅇㅇ네 엄마가 너무 무섭다'라는 말을 하고 있었다. 얼굴이 화끈거렸고 쥐구멍에라도 들어가고 싶었다. 창피한 일을 마음에 담아두는 성격은 나나 엄마나 똑같았다. 그냥 그런가 보다 하고 지나갈 수도 있는 일이었지만 나는 그렇게 하지 못했다. 그날 이후, 다시는 집에 친구를 데려가지 않았다.

학교에서 집에 갈 때는 늘 먼 길을 돌아서 갔다. 혹시 아는 아이들과 만나 같이 집에 가다가 내가 어디에 사는지 들키게 될까 봐 두려웠다. 같은 학교 아이들이었으므로 사는 곳이 거의 비슷했다. 하굣길에 자주 마주치고 같이 가다가 집에 놀러 가자는 말이라도 나오면 큰일이었다. 등하굣길을 공유한다는 것은 친구를 사귈 수 있는 가장 좋은 방법의 하나다. 그런데 나는 엄마에 대한 무서움과 집안 사정에 대한 부끄러움 때문에 그 기회를 스스로 차단해버린 셈이었다.

그때는 학교가 별로 없어서인지 집에서 꽤 멀리 떨어진 학교에 다녔다. 나는 사람들 눈에 띄지 않으려고 일부러 먼 길을 택해서 갔다. 시간이 꽤 걸렸으므로 자연스럽게 많은 공상을 하게 되었다. 집으로 가는 시간은 편안했다. 처음에는 30분, 나중에는 1시간까지 그 시간이 늘어났다. 아침에는 바쁘게 등교하느라 스치며 지나갔던 여러 광경도 눈에 들어왔다. 아빠한테서 받은 동전으로 주전부리도 사 먹으며 사람들 눈치도 보지 않고 마음껏 상상에 빠질 수 있었다. 나중에는 하루 중에서 그 시간을 가장 좋아하게 되었다.

법원에서 집으로 우편물이 오는 일이 많아졌다. 빨간 선이 그어져 있는 그 편지가 어떤 의미인지 그때는 잘 몰랐다. 엄마는 법원 우편물만 보면 질겁했다. 그 우편물이 오는 날이면 우리 집은 초상집 같은 분위기가 되었다. 엄마는 말을 단 한마디도 하지 않았고 형제들은 엄마의 심기를 건드리지 않으려고 살얼음판을 걷는 듯한 생활을 해야 했다.

엄마는 어느 날부터인가 초인종이 울려도 밖에 나가보지 않았다. 우리에게도 집에 아무도 없는 척을 하라고 했다. 전화가 와도 받지 말고, 누가 찾아오면 집에 어른이 안 계신다고 대답하라고 했다. 나와 형제들은 그때부터 걸려오는 전화도 받지 않고 초인종이 울리면 숨을 죽이고 있다가 인기척이 사라진 후에 다시 놀았다. 그야말로 고립된 생활이었다.

　그때의 습관이 지금까지도 우리 집 식구들에게 남아 있다. 집에서 독립하고 결혼을 한 후에도 꽤 오랫동안 초인종이 울려도 잘 나가보지 않았다. 가전제품이 고장 나거나 보일러에 문제가 생겨도 웬만해서는 서비스 기사를 부르지 않았다. 집에 혼자 있을 때 다른 사람의 방문을 받는 상황은 왠지 어색했다.

　동생에게 그 이야기를 하니 자신도 마찬가지라고 해서 둘이 손뼉을 치며 크게 웃은 적이 있다. 그 버릇을 고친 것은 비교적 최근의 일이다. 택배 기사들이 얼마나 힘든지 알게 되면서 미리 경비실에 택배를 맡기거나 집 앞에 두고 가라고 메시지를 보내 놓는다. 아, 이제는 혼자 있을 때 서비스 기사를 부르기도 한다.

　오빠도 세상과 단절된 생활을 하는 것은 마찬가지였다. 집에 친구를 데려오지도 않았고 친구들과 밖에서 만나 노는 일도 없었다. 방에 틀어박혀서 음악을 듣거나 내가 모를 다른 일을 했다. 그리고 심심하면 방에서 나와 여동생들을 괴롭혔다. 오빠는 번번이 여동생들에게 시비를 걸고 하고 싶지 않은 놀이를 강요했다. 그리고 폭군처럼 동생들을 때렸다. 나는 그런 오빠가 너무나 싫어서 오빠가 방 밖으로 영원히 나오지 않으면 좋겠다고 생각했다.

　어찌 보면 형제 중에서 가장 폐쇄적인 생활을 한 사람은 오빠였다. 나는 사람들과의 관계를 두려워했지만, 오빠는 밖에 나가는 것조차 싫어했다. 마치 히키코모리처럼 문을 잠그고 방 안에서만 지냈다. 유폐 생활이 따로 없었다. 오빠는 심지어 미장원조차 가기 싫어했다. 머리를 잘라야 하는데 미장원에 가기 싫었던 오빠는 어느 날 이발소에서 쓰는 기계를 갖고 와서 막내 여동생에게 머리를 잘라달라고 했다. 그런 일을 한 번도 해 본 적이 없는 동생은 오빠의 머리를 밀다가 머리 한쪽에 그만 구멍을 내 버리고 말았다. 오빠는 잘려나간 머리가 다시 자랄 때까지 매직으로 머리를 칠하고 학교에 다녔다.

오빠는 지금도 친구가 없다. 직장 동료들과 회식을 하는 일은 있지만 친한 친구와 술을 마시면서 회포를 푸는 일이 거의 없는 것 같다. 나는 과거에 오빠를 엄마 다음으로 싫어했다. 하지만 지금은 오빠가 안쓰럽고 짠하다. 오빠는 늦게 결혼했지만, 결혼생활을 오래 하지 못하고 이혼했다. 경제적으로는 문제가 없지만, 아직도 외로운 생활을 하는 오빠가 늘 마음에 걸린다.

우리 집에서 유일하게 고립되지 않은 생활을 하는 사람은 여동생이었다. 어려서 상황을 별로 심각하게 받아들이지 않았기 때문인지도 모른다. 막내라서 상대적으로 집안 사정에 관심이 없었을 수도 있다. 하지만 기본적으로는 여동생의 천성이 밝았기 때문이었다. 여동생은 집안 사정 따위는 신경 쓰지 않고 밖에서 친구들과 어울렸고 엄마가 없을 때 친구도 가끔 집에 데려왔다.

그리고 보면 여동생은 엄마한테 가장 사랑받는 존재였다. 엄마는 자식 중에 유일하게 젖을 먹여 키운 아이가 여동생이라는 점을 강조하곤 했다. 입으로 내뱉지는 않았지만, 그 뒤에는 '그래서 유난히 정이 간다. 특별히 사랑스럽다'라는 말이 숨겨져 있었다. 일하면서 있었던 일을 여동생에게 이야기해주면서 웃는 모습을 자주 보았다. 나는 그 모습을 보며 엄마에 대한 서운함과 여동생에 대한 질투를 동시에 느껴야 했다. 여동생은 우리 집에서 유일하게 누구와도 담을 쌓고 살지 않는 사람이었다.

나는 내가 사람들에게 자신을 오픈하지 못하는 이유를 집안 형편 때문이라고 생각했다. 그래서 집이 어려워도 위축되지 않고 당당하게 생활하는 사람들이 늘 부러웠다. 그렇지 못한 나 자신을 부끄럽게 생각했다. 내가 못났기 때문에 그렇다고 생각했다. 하지만 지금은 생각이 조금 다르다.

초등학교 때 친하게 지내던 한 친구가 있었다. 그 친구는 머리를 늘 예쁘게 묶고 분홍색 치마를 자주 입었다. 친구는 동화 속의 공주처럼 얼굴이 하얗고 목소리가 사랑스러웠다. 그리고 누구에게나 친절했다. 어찌 보면 내가 되고 싶은 모습이었다. 그 친구는 추운 겨울이 아니라면 늘 치마를 입고 구두를 신고 다녔다. 어느 날 그 아이를 따라서 친구의 집에 가게 되었다. 꽤 먼 길을 걸어 집에 도착해보니 친구는 판잣집에 살고 있었다. 나는 깜짝 놀랐다. 늘 공주님 같아서 부러워하고 동경했던 친구였기 때문이다.

친구 아빠가 보증을 잘못 서서 이런 집에 살게 되었다고 했다. 그런 말을 아무렇지도 않게 하는 친구가 정말 신기했다. 알고 보니 그 친구의 당당함은 가족들에게 받는 넘치는 사랑에 있었다. 친구의 엄마는 아침마다 딸의 머리를 정성껏 빗어서 예쁜 리본을 매어 주고 공주님 같은 분홍치마를 입혔다.

친구의 집은 약간 저지대에 있어서 비가 오면 학교에 가는 길이 흙탕물이 되어 버렸다. 그러면 친구의 아빠와 큰 오빠는 친구를 업어서 안전한 길까지 데려다준다고 했다. 비가 오는 날에도 친구의 구두가 깨끗했던 이유를 알 것 같았다. 그런 친구를 보며 구멍이 났는데도 엄마가 무서워 운동화를 사 달라는 말을 하지 못했던 내 발이 불쌍해졌다. 늘 돈에 동동거렸던 엄마는 아이들이 무엇을 사달라는 말을 가장 싫어했다. 그래서 비 오는 날이면 내 운동화는 흙탕물에 젖어 엉망이 되곤 했다.

또 다른 친구 집에 놀러 갔을 때의 일이다. 그 집도 가난했는데 친구의 엄마는 라면을 끓여서 우리에게 내주었다. 친구의 엄마는 우리 옆에 앉아서 우리가 라면을 먹는 모습을 지켜보았다. 그리고 오늘 학교에서 무슨 일이 있었는지 자세히 캐물었다. 친구가 귀찮은 표정으로 대답하는 모습을 보면서 무척 부러웠던 기억이 난다. 그 친구는 평소에 뚱뚱한 엄마에 대해 불만을 느끼고 있었다. 우리 엄마는 처녀처럼 날씬했는데도 나는 뚱뚱한 엄마를 둔 그 친구가 너무나 부러웠다.

결국, 엄마의 사랑이 아이를 당당하게 만든다. 내 동생이 거리낌 없이 친구들과 어울릴 수 있었던 것도, 친구가 판잣집에 사는 것을 부끄럽지 않게 생각했던 것도, 또 다른 친구가 뚱뚱한 엄마를 창피하다고 말하면서도 친구를 집에 선뜻 데려올 수 있었던 것도 모두 엄마와 가족의 사랑 때문이었다. 나에게 필요했던 것은 남부끄럽지 않은 집안 형편이 아니라 엄마의 사랑과 그 사랑에 대한 믿음이었던 셈이다.

제2장
나를 괴롭힌 트라우마

자유롭지 못한 인간관계

내 교우관계는 매우 빈약했다. 친구가 없었던 적은 한 번도 없다. 매년 한 명의 친구를 사귀었고 주로 그 친구하고만 대화를 하고 밥을 먹었다. 따라서 매년 학년이 바뀌고 학급이 다시 구성되는 일은 나에게 큰 스트레스였다. 기껏 익숙해진 친구와 헤어지고 다른 친구를 사귀어야 했기 때문이다. 그룹 속에서는 정말 어색했다. 둘만 있을 때는 언제 말을 해야 하고 언제 들어야 할지 알 수 있었다. 하지만 그룹 속에서는 말을 할 타이밍을 찾기도 어렵고 대화의 주제도 관심 없는 것들이 많았다.

나에게 좋은 친구란 어떤 유형이었을까? 그것은 적당히 친하고 적당히 거리를 둘 수 있는 그런 아이였다. 여자아이들이란 조금만 친해져도 친구의 모든 것을 알고 싶어 한다. 엄마, 아빠는 어떤 분인지, 친구의 방은 어떻게 꾸며져 있는지, 어떤 옷을 가졌는지. 서로의 집을 방문하고 싶어 하고 별 용건도 없이 전화하고 싶어 한다.

하지만 나는 누가 내 생활에 끼어드는 것이 싫었다. 처음에는 내가 사는 모습이 정상적이지 않다고 생각해서 친구들을 멀리했다. 깊이 알게 되면 나를 싫어할까 봐, 그 모습에 상처를 받을까 봐. 하지만 나중에는 그런 삶의 방식에 너무 익숙해져 버렸다. 혼자 있는 게 편하다고 생각했다.

지금은 무척 후회된다. 정말 좋은 아이들이 많았는데도 어느 선 이상으로 가까워지지 못했으니까. 하지만 그때는 그렇게 생각하지 않았다. 놀라운 사실은 엄마를 그토록 미워하면서도 엄마가 한 말들이 마치 일종의 명제처럼 의식에 남아 나의 행동과 태도를 지배했다는 것이다. '세상은 믿을 수 없는 곳이다. 누구도 믿지 마라. 친구는 아무 필요가 없다. 특히 남자를 믿어서는 안 된다. 남자만 믿고 살면 쪽박 찬다. 여자도 자신의 능력으로 살아가야 한다. 자식도 아무 소용이 없다. 혼자 사는 게 최고다. 돈 앞에서 사람들 간의 믿음이란 보잘것없다.' 엄마가 삶에 지쳐 쏟아 낸 푸념들은 가랑비처럼 조금씩 내 의식에 스며들었다.

나는 스스로 사람들로부터 자신을 차단했다. 누가 내 안으로, 내 비밀스러운 삶으로 비집고 들어오려고 하면 펄쩍 뛰고 도망갔다. 청소년기를 거쳐 대학에 가고 직장을 다니면서도 항상 사람들과의 관계에 소극적이었고 깊이 있는 관계를 회피했다.

좋은 사람들을 많이 만났는데도 친밀한 관계를 맺지 못했다. 아니, 알고 보면 좋은 사람들이었을 텐데 사귀어보려고 노력하지 않았다. 사람들에 대한 무관심이 그때의 나를 지배했던 특징이었다. 하지만 그 와중에서도 기억나는 사람들은 몇 명 있다.

고등학교 때 내 단짝 친구였던 ○○. 나를 알기 위해 집요하게 시도하고 마음의 문을 두드렸던 친구다. 끈질기게 우리 집에 가보고 싶어 했고 우리 가족이 어떤 사람들인지 궁금해 했다. 하지만 나는 무슨 핑계를 대서라도 그 아이를 집에 데려가지 않았다. 그 아이는 집요했지만 나는 필사적이었다. 결코, 나를 이길 수 없었다. 물론 지금은 그 친구에게 정말 미안하다.

또 한 명 기억나는 사람은 직장 생활 때 나의 첫 상사다. 그분은 처음 해보는 조직 생활에 적응을 못하고 겉도는 나를 붙잡아 앉히고 좋은 말씀을 많이 해 주셨다. 자신이 처음 직장에 들어갔을 때 느꼈던 충격과 좌절을 들려주셨고, 그 상황을 극복하기 위해 어떤 노력을 했는지 알려주셨다. 지방 대학을 나온 시골 청년은 처음으로 들어간 직장에서 본 상사들의 모습이 10년 후 자신의 미래라는 사실을 받아들일 수 없었다고 한다. 그래서 퇴근하고 매일 두 시간씩 도서관에서 공부했다. 자기계발서와 재테크 서적을 탐독했고 10년 후에는 5억이 넘는 재산을 갖게 되었다. 당시 5억이라는 돈은 평범한 사람들에게는 엄청나게 큰돈이었다.

'무릎에서 사서 어깨에 팔아라', '직장에서는 기본만 하면 된다. 나의 진짜 삶은 다른 곳에서 찾아야 한다', '결혼은 일생일대의 사업이다. 직장을 선택하는 것보다 배우자를 선택하는데 훨씬 더 큰 노력을 기울여야 한다' 등. 지금 생각하면 그야말로 천금 같은 조언들이었다. 그런 분을 첫 상사로 만나게 된 것은 엄청난 행운이었지만, 그때의 나에게는 그 주옥같은 조언들이 귀에 들어오지 않았다.

생각해보면 내가 인간관계에 서툰 것은 너무나 당연했다. 아이들은 처음에는 가정에서, 부모님과 형제들 사이에서 사회성을 배운다. 이후 학교와 또래 집단을 통해 사람들을 대하는 태도가 결정된다. 그런데 나에게는 그런 통로가 다 막혀 있었다. 인간관계를 경험한 시간이 턱없이 부족했으니 사람들 사이에서 관계 맺기에 서투른 것도 당연했다. 서투르고 자신이 없으니 더 회피했다.

게다가 나에게는 부모님으로부터의 인풋이 전혀 없었다. 아이들은 생활 속에서 부모님이 하는 말과 행동을 듣고 보면서 그 간접 경험을 기반으로 하여 성장한다. 그런데 내 부모님은 외부와의 교류가 단절된 생활을 하고 있었다. 사람들 속에서 어떻게 행동해야 한다던가, 인간관계가 얼마나 중요하다던가 하는 말을 한 번도 해주지 않았다.

나는 타인에게 지나치게 무관심하거나 극단적으로 공감했다. 잘난 척하거나 진짜 잘난 사람들은 내심 부러우면서도 싫었다. 이상하게도, 약하고 상처가 많은 사람에게 호감을 느꼈고 그들의 아픔에 지나치게 집착했다. 그리고 그런 태도가 전형적인 '피해자 심리'라는 것을 나중에 알게 되었다.

어떤 상처를 가진 입장에서는 비슷한 상처를 안고 있는 사람들에게 익숙하고 편안한 느낌, 동질감을 느끼게 된다. 자신만 아픈 것이 아니라는 사실을 다른 사람들의 아픔을 통해 확인받고 싶어 한다. 그리고 같은 상처를 안고 있는 사람들에게 자신의 모습을 투영하는 것이다. 어찌 보면 자기연민의 한 형태다.

대학교에서, 직장을 다니면서 생각이 바르고 자신감과 능력이 있는 남자들을 간혹 보게 되었다. 하지만 나는 그런 사람들에게는 관심을 두지 않았다. 속으로는 동경하는 마음도 있었지만, 그 사실을 강하게 부정했다. 나는 드라마에 나오는 백마 탄 왕자님 스타일을 싫어했다. 전형적인 신데렐라 스토리에는 흥미를 느끼지 못했다.

대신에 '미녀와 야수' 스타일의 드라마나 영화를 좋아했다. 미모와 능력을 갖춘 멋진 여성이 상처 입은 야수를 돌보고, 야수는 미녀를 여신처럼 숭배하며 사랑에 빠지는 것이다. 미녀는 야수의 구원자이자 영혼의 동반자다. 야수는 미녀를 통해 상처를 극복하고 인간적으로 한 단계 더 성숙하며 그 전과는 다른 인생을 살게 된다.

미녀와 야수 스토리에는 내가 가진 열등감과 내가 바라는 삶이 응축되어 있었다. 미녀는 내가 바라는 이상향이었고 야수는 내가 바라보는 자신의 모습이기도 했다. 나는 누군가의 도움과 지지를 갈구하면서도 낮은 위치에서 사랑받고 싶지는 않았다. 드라마를 많이 보는 편이 아닌데도 내가 좋아하는 드라마에는 늘 일정한 패턴이 있었다. 그 사실을 깨닫게 되면서 나의 심리도 알게 되었다.

나는 상처가 없는 사람에게는 공감할 수 없다고, 연민을 느낄 수 없다고 생각했다. 하지만 나중에는 그 생각이 바뀌었다. 같은 상처를 가진 사람들이 서로에게 공감해 줄 수는 있다. 하지만 각자의 상처가 너무 크면 서로에게 위로가 되어주기 힘들다. 어쩌다 보는 사이에서는 가능할 수도 있다. 하지만 가족이나 부부처럼 일상을 함께 하는 사이에서는 다르다. 비슷한 상처가 없는 사람이 마음의 상처를 안고 있는 사람을 더 지속해서 감싸 안아줄 수 있다고 생각한다. 자신의 상처에 매몰되지 않고 남의 상처를 객관적으로 바라볼 수 있기 때문이다.

돌이켜 보면 아쉬움이 많이 남는다. 부모님으로부터 인생과 인간관계에 대한 조언을 듣지는 못했지만, 책에서라도 그런 조언을 구했으면 좋았을 텐데. 그때만 해도 나는 수필 같은 것은 좋아하지 않았다. 아니, 집에는 수필이 전혀 없었다. 영웅담이나 위인전 대신에 마음을 달래주고 위로해주는 수필이나 인생의 지혜를 알려주는 책들을 읽었더라면 그처럼 가시를 세우고 장벽을 치고 세상을 대하지는 않았을 것 같다.

부정적인 세계관

세계관, 즉 세상을 바라보는 눈은 하루아침에 생기지 않는다. 어떤 사람의 말을 듣거나 어떤 책을 읽었다고 해도 그 사람이나 작가의 세계관, 인생관이 바로 내 것이 되지는 않는다. 주변 환경과, 주변의 사람들, 그 사람들과의 상호작용 속에서 세상을 바라보는 눈이 아주 천천히 형성된다.

우리 집의 경제 사정은 아주 서서히, 그것도 지속적으로 나빠졌다. 초등 저학년 때 나름 중심지 이층집에서 살던 우리 가족은 점점 더 안 좋은 동네, 점점 더 허름한 집으로 이사를 해야 했다. 그와 함께 부모님 간의 관계도 꾸준히 악화되었다. 부모님은 처음엔 말로 싸우고 냉전을 벌였다. 하지만 어느 순간부터는 각방을 쓰고 완벽하게 서로 말을 하지 않았다. 나를 둘러싼 환경이 조금씩 안 좋아지는 상황에서 어린아이였던 내가 세상에 대해 밝고 희망찬 생각을 가질 수는 없었다.

엄마는 아이들 앞에서 대놓고 이렇게 말했다. '세상이 망해야 한다. 태어난 것이 비극이다. 빨리 죽고 싶다. 전쟁이나 확 나서 다 같이 망했으면 좋겠다.' 엄마의 절망감은 충분히 이해할만했다. 하지만 그런 말은 속으로 생각하고 아이들에게는 하지 않았으면 더 좋았을 것이다. 아이들의 뇌는 아직 완성되지 않은 상태다. 긍정적이든 부정적이든 어떤 가치를 지속적으로 주입하면 무의식 중에 그것을 자신의 가치로 삼기 마련이다. 세뇌가 달리 무서운 것이 아니다.

군이 세계관이라는 거창한 용어를 사용할 필요도 없었다. 주변을 둘러싼 모든 상황과 사물들은 갈수록 안 좋은 방향으로 진행되었다. 우선 집이 그랬다. 그리고 집안의 가구, 사물, 가전제품, 심지어 그릇까지도 점점 더 안 좋아졌다. 엄마는 뭐든 고장이 나면 고치려 들지 않았다. 완전히 주저앉을 때까지 가구를 바꾸지 않았고 나중에는 집안에 가구라고 부를 만한 것이 하나도 없는 상태가 되었다. 주방기구들과 그릇들도 쭈그러지고 이가 다 빠질 때까지 새것으로 교체하지 않았다. 그릇을 살 돈이 없을 정도로 궁색하지는 않았다. 그냥 주변 환경을 예쁘고 보기 좋게 가꾸고 유지해야 할 의욕이 없었다. 마음이 지옥인데 환경 따위가 눈에 들어올 리 없다.

나를 둘러싼 모든 것들이 하나씩 지속적으로 안 좋아지고 사라지는 느낌이었다. 이런 환경은 나와 형제들에게 상반된 영향을 미쳤다. 오빠와 나는 엄마처럼 웬만하면 물건을 바꾸지 않는 구두쇠가 되었다. 보기 싫더라도 물건이 완전히 그 기능을 상실할 때까지 계속 쓰는 것이다. 다른 사람들 같으면 물건이 망가지면 본인이 보기 싫고 다른 사람들의 눈을 생각해서 새 것으로 바꿀 것이다. 하지만 나에게는 물건이 망가져 가는 것은 그냥 당연하고 자연스러운 현상일 뿐이다. 반면에 동생은 물건이 보기 싫어지는 것을 조금도 참지 못한다. 동생의 집에는 늘 새로운 물건이 가득하다. 멀쩡한 물건도 조금만 싫증이 나면 가차 없이 버리거나 남에게 주고 새것으로 바꾼다.

엄마가 된 입장에서 과거 나의 엄마를 살짝 비판해보려고 한다. 엄마가 처해 있던 그 상황이 절망적으로 느껴졌던 점은 충분히 이해한다. 하지만 엄마라는 사람은 아이들 앞에서 본인의 감정을 여과 없이 드러내서는 안 된다. 아이들은 균형 잡힌 시각으로 상황을 판단할 능력이 아직 부족하므로 주변 환경과 자신을 분리해서 생각하지 못한다. 아무리 상황이 좋지 않아도 아이들이 지내는 집안 환경에 신경을 써야 한다. 소박하게나마 축제의 기분을 느끼고 소소한 즐거움을 가질 수 있도록 배려해야 한다. 그래야 아이들이 미래에 대한 희망을 품고 구김 없이 클 수 있다.

엄마 본인을 위해서도 그렇다. 형편이 안 된다고 작은 즐거움까지 다 포기한다면 그야말로 상황에 굴복하는 것이다. 어떠한 어려움도 행복을 추구하려는 나의 노력을 중단시킬 수 없다고 마음먹어야 한다. 그래야 상황과 나를 분리해서 상황에 매몰되지 않고 이성적으로 어려움을 헤쳐 나갈 수 있다.

망가진 물건을 잘 바꾸지 않는 습관. 최근에 나는 이 오래된 습관에 의식적으로 작별을 고했다. 외관은 볼품없지만, 기능적으로 조금 더 쓸 수 있는 가구들을 버리고 새 가구를 샀다. 더는 과거의 습관에 얽매이고 싶지 않았다. 버리고 나니 마음도 후련하고 집안 분위기도 훨씬 더 좋아졌다.

어쨌든 과거의 나는 비극을 좋아했다. 슬픈 영화를 보거나 책을 읽으면 감동을 받고 마음이 정화됐다. 슬픈 결말은 자연스럽고 당연하게 느껴졌다. 평소에 좋은 일이 있어도 꼭 안 좋게 끝날 것 같은 느낌에 사로잡히곤 했다. 아니, 사실은 그런 상황을 끊임없이 두려워했다. 대학을 다닐 때는 예술영화를 주로 상영하는 극장에 가서 어둡고 심각한 영화를 혼자 보곤 했다.

지금은 정 반대다. 아이를 키우면서부터는 억지로라도 마음을 밝게 가져야 했다. 그래서 생전 안 보던 코믹 영화, 로맨틱 코미디 등을 많이 보았다. 자주 접하면 익숙해지는 법이다. 슬픈 영화를 좋아한 세월이 10년, 밝은 영화를 좋아한 세월이 10년이 훨씬 넘었다. 당연히 보고 나면 기분이 좋아지고 마음이 따뜻해지는 영화 쪽으로 취향이 바뀌었다.

그러다 보니 언제부터는 슬픈 결말이 될 것 같은 조짐이 조금만 보여도 보던 영화나 드라마를 끝내기 어려웠다. 슬퍼지기 전에 미리 시청을 중단했다. 얼마 전부터는 이런 내 감정을 깨닫고 보던 드라마는 되도록 끝내려고 노력한다. 어떤 상황이든 회피하지 않고 담담하게 맞고 싶기 때문이다. 살면서 좋은 일만 있을 수는 없으니까. 이제는 사람들의 다양한 삶의 방식, 생각, 독특한 세계관이 드러나는 영화나 드라마가 좋다. 나의 좁은 세계관을 넓혀주고 새로운 자극을 주기 때문이다.

나는 어디론가 자꾸 도망가려고 했고 숨으려고 했다. 아무도 나라는 사람을 모르는 곳에 가서 살고 싶었다. 낯선 곳에 가서 전과는 전혀 다른 방식으로 새로운 인생을 사는 사람들의 기사를 신문에서 보면 기억해두거나 스크랩해서 모아 두었다. 연고가 전혀 없는 강원도 오지에 가서 펜션을 운영하는 부부, 섬에 가서 새 인생을 시작하는 사람들, 한국인이 거의 없는 유럽의 어느 나라에서 새로운 삶을 개척한 사람들의 이야기는 언제나 깊은 인상을 주었다. 스크랩한 기사들을 보면서 언젠가 나를 아는 사람들이 하나도 없는 아주 먼 곳으로 가서 새로운 인생을 시작하겠다고 다짐하곤 했다.

직장을 다니면서는 캐나다로 이민가려고 이주공사 세미나도 듣고 필요 서류도 알아보곤 했다. 서른 살이 되면 미련 없이 한국을 떠날 생각이었다. 왜 서른 살이었는지는 모르겠다. 현실적으로는 떠나기 위해서는 돈이 필요하므로 직장생활을 몇 년 해서 돈을 모으려고 했을 것이다. 하지만 다른 한편으로는 같이 떠날 사람을 찾고 싶었다. 나는 전혀 용감한 성격이 아니다. 기본적으로 겁 많고 소심하고 걱정거리가 많은 스타일이다. 그런데도 자꾸 낯선 곳으로 떠날 생각만 한 것은 그만큼 주변 상황이 싫어서였다. 당시의 나는 뿌리를 내리지 못한 식물과도 같았다. 정을 붙이고 살 곳을 찾고 싶었고 나에게 상처를 주는 이곳보다는 차라리 낯선 곳에서 새로 시작하고 싶었다.

'만약 그때 과감하게 사표를 내고 캐나다행 비행기를 탔으면 어땠을까?'라는 질문을 살짝 해본다. 원하는 공부도 더 하고 새로운 인생을 살고 있지 않을까? 아니다. 지금의 나는 당연히 그렇게 할 수 있지만, 그때의 나는 그렇지 않았을 것 같다. 여러 가지 선택 앞에서 갈팡질팡하고 내가 내린 선택에 대해 끊임없이 의심하고 하지 않은 선택에 대해 미련을 버리지 못했을 것 같다. 하여튼 그때는 그랬다.

결혼한 후에도 이 로망은 사라지지 않았다. 나는 결혼하기 전에 남편에게 아이를 낳지 말고 다른 나라로 이민 가서 완전히 새로운 삶을 살아보자고 제안했다. 남편은 무척이나 망설였다. 자꾸 재촉하니까 마지못해 동의했다. 남편은 가족과 주변 사람들에 대해 대단한 믿음과 자부심을 가진 사람이다.

나중에 왜 그 제안에 동의했냐고 물었더니 결혼해서 같이 살면서 그런 말이 나오지 않게 나를 바꾸어놓으려고 했다고 털어놓았다. 그렇게 만들 자신이 있었다고 했다. 꼭 남편 때문만은 아니지만, 그 계획은 성공한 셈이다. 지금의 나는 사는 곳이 어디든 별 상관없다고 생각한다. 내 가족과 함께할 수만 있다면 그곳이 어디든, 무슨 일을 하든지 잘 살 수 있다는 자신감이 있다.

어쨌든 과거의 나는 현실에 정을 붙이지 못했고 끊임없이 도망갈 곳을 찾았다. 무기력한 나날들이 이어졌다. 혼자서 누워서 책 보고 하염없이 뒹굴고 공상을 하면서 집 주변을 몇 시간 동안 그냥 걸어 다녔다. 중얼거리면서 동네를

빙빙 도는 나를 누군가 봤다면 실성한 사람이라고 생각했을지도 모른다.

꿈이 만화가였으므로 창작에 대한 열망은 있었지만, 막상 실천에 옮기지는 않았다. 혼자서라도 그림을 그리거나 글을 써 보았으면 좋았을 텐데. 그때의 나는 그냥 무기력했다. 나른하고 목적이 없고 변화와 즐거움도 없는 생활이 계속되었다. 나의 청소년기는 딱 세 단어로 요약해서 표현할 수 있을 것 같다. 책, 공상, 그리고 무기력. 그 외에는 아무것도 없었다.

나는 홀로 일어서야 했다

고등학생이 되기 전까지는 공부를 전혀 하지 않고도 그런대로 괜찮은 성적을 유지했다. 이상한 일이었다. 수업시간에 늘 딴생각을 하고 집에 가면 교과서를 들춰보는 일이 전혀 없었는데도 성적은 반에서 10등 내외였다. 시험 전날에도 밤에 몰아서 공부하겠다고 마음먹고 낮에는 잠을 잤다. 하지만 밤에 공부하려고 책상 앞에 앉으면 또 졸렸다. 그래서 결국 평소보다 잠만 많이 자고 공부는 한 글자도 하지 못했다.

중학교 시험 문제는 어렵지 않았다. 그냥 상식 수준에서 조금만 생각해보면 4개 문항 중에서 2개는 논리적으로 말이 안 되는 경우가 많았다. 그럼 남은 2개 중에서 왠지 답일 것 같은 것을 고르면 된다. 우습게도 선생님이나 반 아이들은 성적만 보고 나를 집에 가서 착실하게 숙제 잘 하고 자기 공부도 어느 정도하는 조용한 모범생으로 생각하곤 했다. 아마도 평소에 책을 많이 읽어서 문맥을 파악하거나 글의 의도를 간파하는 능력이 저절로 길러진 것 같았다.

하지만 고등학교에 입학하면서 상황은 달라졌다. 고등학교 공부는 시험시간에 반짝 집중해서 좋은 성적을 올릴 만큼 만만하지 않았다. 나는 여전히 공부하지 않았고 성적은 점점 하향곡선을 그렸다. 그래도 큰 걱정은 하지 않았다. 어차피 내 성적이나 공부에 신경을 쓰는 사람은 아무도 없었다. 누가 옆에서 '공부 열심히 해야 한다'는 말을 해주고 성적에 신경을 썼다면 아마 조금 더 일찍 공부에 관심을 가졌을 것 같다. 하지만 성적표를 받아와도 도장을 받아갈 부모님이 집에 계시지 않았고 나는 그냥 알아서 도장을 찍어가곤 했다.

이런 나에게 변화가 생긴 것은 고등학교 2학년 여름방학 때부터였다. 한 살 위였던 오빠는 고3이었고 부모님은 평소와는 달리 오빠의 성적에 신경을 쓰기 시작했다. 하지만 그때까지 맘대로 생활하던 오빠가 부모님의 갑작스러운 간섭을 반겼을 리가 없다. 오빠는 밤마다 번갈아 자신의 방을 찾아 잔소리하는 부모님과 대립하기 시작했고 분을 못 이겨 책상 유리를 부수기도 했다.

오빠는 연극영화과로 진학하고 싶어 했다. 연출을 전공하고 영화감독이 되겠다고 했다. 하지만 부모님은 그런 전공을 선택하면 밥도 못 먹고 산다며 강하게 반대했다. 영화는 오빠의 오랜 꿈이었다. 그것을 알기에 오빠를 싫어하면서도 왠지 안쓰럽다는 생각이 들었다. 나는 매일 밤 계속되는 부모님과 오빠의 말싸움을 보면서 저런 간섭을 받지 않고 나 하고 싶은 대로 하려면 공부를 해야겠다는 생각을 하게 됐다. 나른하고 무기력하게 살고 있었던 나에게 오빠의 고3 생활은 일종의 경고등으로 작용했다.

2학년 초반에 본 모의고사에서 반에서 사십 몇 등이라는 성적을 받았다. 충격이었다. 지금까지 공부를 안 해도 중간은 했었는데 30등 밖으로 밀려난 것은 그때가 처음이었다. 수학은 원래 잘하지 못했지만 영어 점수가 거의 바닥이었다. 그 다음에 본 모의고사에서는 영어 시간에 머리를 짜내가면서 문제를 풀어 보았다. 모르는 단어가 대부분이었다. 하지만 문제와 지문에 답이 있을 것으로 생각하고 단어를 모르는 상태에서 오로지 문맥과 정황만으로 해석하고 문제를 풀었다. 결과는 놀라웠다. 영어 점수가 껑충 뛰어올랐다. 수학은 힘들겠지만 다른 과목은 승산이 있겠다는 자신감을 얻었다.

고2 여름방학 때부터 본격적으로 공부하기 시작했다. 공부 자체는 별로 힘들지 않았다. 힘든 것은 머리가 아니라 몸이었다. 누워서 빈둥거리며 책이나 보던 나에게 책상 앞에 오래 앉아 있는 일은 고역이었다. 하지만 혼자 있는 것에 익숙했기에 공부에 집중하는 데는 도움이 되었다. 혼자 책을 읽는 것과 혼자 공부하는 것은 별반 다르지 않았다. 고2 마지막 모의고사에서 처음으로 반에서 3등, 전교 16등을 하면서 무서울 정도의 짜릿함을 느꼈다. 엄청난 변화였다.

여기에 탄력을 받아 고2 겨울방학 때 약했던 수학을 집중적으로 공부하기 시작했다. 수학은 나의 오랜 적이었다. 흥미도 없었고 이해도 잘 안 되었다. 기본적으로 나는 새로운 것을 이해하고 배우는 속도가 느렸다. 선생님으로부터 똑같은 수학 문제 설명을 들어도, 다른 아이들은 이해된다고 고개를 끄덕이는데 나는 도저히 이해가 되지 않았다.

그래서 집에 가서 교과서를 펴 놓고 처음부터 다시 내 방식대로 공부했다. 기초가 약했기 때문에 잘 이해가 되지 않으면 고1, 중학교 교과서로 내려가서 원리를 공부했다. 수학은 나선형 구조로 되어 있기 때문에 이전 단계에서의 공부가 되어 있지 않으면 다음 단계를 이해하기가 힘들다. 나눗셈과 분수가 헷갈려서 동생의 초등학교 교과서를 들춰본 적도 있었다. 서둘지 않고 처음부터 끝까지 완벽하게 이해될 때까지 원리를 이해하려고 노력했고 그 위에 살을 붙이는 식으로 공부했다. 그 결과, 속도는 느리지만 한번 이해하면 다음부터는 절대로 틀리는 법이 없었다.

유난히 길었던 겨울방학이 지나고 고3 수험생이 되었다. 첫 모의고사에서 전교 1등을 했다. 꿈만 같았다. 생전 처음으로 전교 조회에서 단상에 나가 교장 선생님과 악수를 했다. 이름도 들어보지 못한 아이가 전교 1등을 하자 옆 반 아이들도 재가 누구냐며 수군댔다. 솔직히 스타가 된 것 같았다.

나는 더 공부에 집중했다. 오랜 시간을 공부하지는 않았다. 다만 공부할 때 무섭게 집중하는 편이었다. 국어, 사회, 역사 같은 과목은 공부도 거의 하지 않았다. 그런 과목들은 수업시간에 집중하고 조금만 복습해도 성적이 잘 나왔다. 평소에 책을 많이 읽어서 쌓아둔 배경지식 덕분이라는 생각이 든다. 돌이켜보면 오빠와 나는 노력에 비해 성적을 잘 받는 편이었다. 아마도 혼자서 무엇인가에 몰입하는 힘이 공부하는 힘의 원천이었던 것 같다.

수학은 여전히 나를 괴롭혔다. 그래서 공부하는 시간의 80%를 수학에 쏟아부었다. 중학교 때부터 수학과 담을 쌓았기 때문에 거의 독학하는 셈이었다. 지금이야 인터넷 강의도 잘 되어 있고 교육방송도 있지만, 그때는 아무것도 없었다. 그저 '수학의 정석' 기본편을 붙잡고 몇 번이고 반복해서 풀었다. 문제를 풀면서 원리를 깨달아갔다. 고3 여름방학 때는 아침부터 밤늦게까지 오로지 수학만 파고들었다. 마음만 먹으면 나도 뭔가를 해 낼 수 있다는 자신감을 갖게 된 것은 이때부터였다.

아버지는 너무나 기뻐했다. 경제적으로는 무능했지만, 아이들에게는 다정한 분이셨다. 큰딸이 공부를 잘하게 되자 큰 기대를 걸고 희망을 품었다. 이 기대가 나중에 나에게 무거운 부담으로 돌아오기도 했지만.

구박하고 무시하던 딸이 공부를 잘하게 되자 엄마가 기뻐했을까? 아니. 표면적으로는 전혀 그렇지 않았다. 살고 있던 반지하 빌라에 방이 2개밖에 없어서

한 방에는 오빠가 자고 아빠는 거실에서 주무시고 엄마, 나, 그리고 여동생이 한 방에서 잤다. 나는 책상 등을 켜 놓고 12시까지 공부를 했는데, 당시 노점을 하고 있던 엄마는 10~11시쯤에 들어와서 낮에 있었던 일들을 여동생에게 말해 주고 싶어 했다. 공부를 해야 하니 조용히 해 달라고 말하면 엄마는 '저년이 공부한다고 유세한다. 온종일 일하고 온 엄마를 말도 못 하게 한다. 저밖에 모르는 이기적인 년이다. 얼마나 잘 되나 보자'며 악담을 했다.

지금은 엄마가 어떤 감정으로 그런 말을 했는지 이해가 된다. 엄마도 내심 공부 잘하는 딸이 자랑스럽고 흐뭇했을 것이다. 하지만 엄마는 자기감정을 잘 제어하지 못하는 사람이었다. 어수룩하게만 생각하던 딸이 당돌하게 조용히 해달라고 하니 화가 치밀어 올라 마음에도 없는 말을 퍼부어댔을 것이다. 그래야 화가 가라앉으니까. 게다가 엄마는 입에 발린 말은 죽어도 못하는 성격이었다.

엄마의 반응이 너무 서운했지만 나는 어릴 때부터 감정을 표현하지 않는 버릇이 몸에 깊이 배어 있었다. 지금도 그렇다. 속상해도 꾹꾹 눌러 참고 참다가 더는 참을 수 없을 때 폭발하곤 했다. 하지만 아이들을 키우면서 이것이 얼마나 안 좋은 습관인지를 알고 정말 많이 노력해서 습관을 고쳤다. 이제는 속상하면 속상하다고 감정을 표현한다. '그렇게 행동하면 내가 속상하니까 다르게 행동해 달라'고 상대방에게 부탁도 하고 음악을 듣거나 다양한 방법으로 답답한 마음을 해소하려고 노력한다.

고3 생활은 역시 힘들었다. 조금씩 지쳐 갔지만, 겨울이 다가오면서 긴 터널의 끝이 보였다. 재수생이었던 오빠도 같은 날 같은 학교에 시험을 보러 갔다. 시험 결과가 발표되었다. 오빠는 떨어지고 나는 합격했다. 고2 때까지만 해도 꿈도 꾸지 못했던 좋은 대학교의 학생이 된 것이다. 열아홉 살 인생에서 오로지 내 힘으로 노력해서 얻어낸 최초의 성취였다.

새로운 시작

부푼 마음을 안고 대학교에 입학했다. 모든 것이 신기하고 어리둥절했다. 버스를 타고 들어가야 할 만큼 넓은 캠퍼스, 책을 옆에 끼거나 안고 다니는 학생들, 너무 많아서 헷갈리는 건물과 강의실, 이름 모를 각종 연구소, 거대한 도서관, 싸고 맛있었던 학교 식당, 학과 선배들과 동기들과의 만남, 수많은 동아리.

처음에는 캠퍼스 잔디밭에 앉아 있는 것만으로도, 강의가 없는 시간에 캠퍼스를 걷는 것만으로도, 도서관에서 책을 구경하는 것만으로도 행복했다. 드디어 지긋지긋한 집을 나와 이 새로운 세계의 일부가 되었다는 사실이 벅찼고 믿어지지 않았다.

나를 힘들게만 했던 가족과 집에서 완전히 분리되고 싶었다. 명문대 학생이었기에 과외를 하기는 쉬웠다. 곧 돈을 모아 집에서 독립했다. 학교가 너무 멀다는 것이 표면적인 이유였다. 우리 집은 시내에서 멀리 떨어진 변두리였기 때문에 통학하려면 왕복 4시간이 걸렸다. 하지만 나는 마음속으로 다시는 집으로 돌아가지 않겠다고 마음먹었다. 그 날, 내 짐을 실은 트럭을 바라보는 가족들의 모습이 떠오른다. 가슴이 약간 아려 오는 게 이상했다. 시원하기만 할 줄 알았는데 그렇지는 않았다.

방 한 칸이었지만 드디어 나만의 공간이 생겼다. 그때까지는 나만의 방을 가져본 적이 한 번도 없었다. 항상 동생과 함께 방을 썼다. 동생은 거의 밖에서 시간을 보냈으므로 혼자 있는 시간은 많았다. 하지만 공식적인 내 방을 갖고 싶은 열망이 항상 마음 한구석에 있었다. 중고 가게에서 TV도 샀고 간단한 가재도구도 샀다. 창에는 커튼을 달았고 화분도 하나 가져다 놓았다. 부엌도 없고 방에서 밥도 해 먹어야 하는 자취 생활이었지만 뿌듯했다. 이제는 더는 아무에게도 부끄럽지 않을 것 같았다.

그 행복은 딱 6개월 정도 지속됐던 것 같다. 여름방학이 되면서 나는 점점 외로움을 느끼기 시작했다. 대학 생활은 고등학교 때와는 아주 달랐다. 시간이 엄청나게 많이 남았고 그 시간을 자신이 알아서 잘 사용해야 했다. 남들이 하는 대로 여러 개의 동아리에 가입했고 친구들도 사귀었지만 그들의 관심사는 나와는 아주 달랐다.

일단 살아온 배경과 환경이 달랐다. 남학생들은 시국과 정치에 관심이 많았다. 비장한 표정으로 시국을 개탄하는 그들에게 나는 이질감을 느꼈다. 그들은 조국의 상황에 가슴이 미어진다는데 나에게는 치기 어린 영웅심으로 보였다. 불과 몇 개월 전만 해도 공부만 하던 수험생이 책 몇 권, 대자보 몇 개 읽고 갑자기 열혈전사가 된다는 게 이해가 되지 않았다.

물론 그들 나름의 깨달음과 이유가 있었을 것이다. 하지만 시위에 참여하지 않는다고 조국을 외면한다던가, 지식인의 의무를 다하지 않는다고 비난하는 건 위선으로 느껴졌다. 나는 학교에 다니는 내내 운동권 학생들을 경원시했다. 집안도 좋고 편안하게만 산 학생들이 오히려 앞에 나서서 민중을 부르짖는 모습은 잘난 척으로밖에 여겨지지 않았다. 게다가 나는 원래 잘난 척 나서는 남자들을 싫어했다.

여학생들도 거리가 느껴지기는 마찬가지였다. 아무 고민 없이 예쁘게 치장하고 미팅을 하는 여학생들에게 열등감을 느꼈다. 나도 그렇게 할 수 있었겠지만, 그들을 부러워하기만 했다. 왜 그랬는지는 모르겠다.

원래 사회성이 없는 내가 대학생이 되었다고 갑자기 친구들을 많이 사귈 수는 없었다. 그래도 좋은 친구를 한 명 만나기는 했다. 이 친구를 떼어놓고는 내 대학 생활을 말할 수 없을 정도로 우리는 서로 많은 것을 공유했다. 그동안 친구가 전혀 없었던 것은 아니다. 하지만 미래에 대한 꿈, 장래 직업, 사회에 대한 비판, 꿈꾸는 이상형, 심지어 종교에 이르기까지 솔직한 의견을 주고받고 의논한 친구는 처음이었다. 물론 가족에 대한 이야기는 여전히 비밀이었다. 그 친구는 4형제 중 장녀로서 가족에 대해 큰 책임감을 느끼고 있었다. 본인의 야망도 있었지만 부모님을 실망시키고 싶지 않다며 행정고시 준비를 하기 시작했다.

가장 친한 친구가 고시생이 되면서 나는 다시 외로워졌다. 나에게는 야망이 없었다. 늘 숨어 지내고 싶어한 나에게 국가고시 같은 것은 너무 거창했다. 명문대였기 때문에 학생들은 다들 거창한 야심이 있었다. 무슨 고시든지 하나씩은 준비하고 있었다. 그때까지 대학생이 된 것으로, 집에서 탈출한 것으로 만족했던 나는 앞으로 살아갈 인생에 대해 방향을 정립해야 함을 느꼈다.

그때까지 나의 일관된 꿈은 만화가였다. 대학교 2학년 여름방학 때 나는 만화학원에 등록했다. 하지만 만화가가 된다는 것, 아니 만화가가 되기 위한 교육은 내 생각과는 아주 달랐다. 내가 만화를 좋아하는 이유는 아무 제약이 없는 자유로운 스토리에 있었는데, 만화 학원에서는 매일 따라 그리는 기술 밖에는 가르쳐주지 않았다. 게다가 만화학원을 나오면 유명 만화가의 문하생이 되는 게 일반적인 코스였다. 작가와 숙식을 같이하면서 도제 생활을 하는 것이다. 하지만 나는 그런 삶은 원하지 않았다.

그 전까지 나에게는 잃을 것도, 지킬 것도 없었다. 하지만 이제는 명문대생이라는 타이틀이 생겼다. 그것을 버리고 다시 아무것도 아닌 존재로 돌아가고 싶지는 않았다.

결국, 만화에 대한 내 열정은 그다지 강력하지 않았다. 내가 익숙했던 것은 현실에서 벗어나 나른하게 꿈꾸는 공상이었다는 자각에 도달했다. 다른 목표를 찾아야 했다. 하지만 쉽지 않았다. 갑자기 길을 잃은 것 같았다. 나에게는 강력한 동기나 목적의식이 없었다. 그때까지 나는 현실이 싫었을 뿐 강렬한 꿈을 꾸거나 원하는 미래를 그려본 적이 없었다. 사회적 관계없이 무기력하게 살았기에 롤모델도 없었고 미래를 의논할 멘토나 선배도 없었다. 물론 모두 내가 자초한 일이었다.

이 와중에 아버지는 나에게 고시를 볼 것을 권했다. 고시에 합격해서 집안의 명예를 높여달라는 것이었다. 아버지는 보수적이고 체면을 중시하는 사람이었다. 엄마의 소원대로 채소장사나 트럭 행상을 해서 떳떳하게 먹고 살기보다는 남에게 그럴듯하게 보일 수 있는 일을 하고 싶어 했다.

이즈음 부모님에 대한 내 생각은 많이 바뀌어 있었다. 무엇보다도 엄마에 대한 사무친 미움이 많이 사라졌다. 얼굴을 보지 않고 부딪히지 않으니 덜 미웠고, 사회를 알아가면서 엄마가 얼마나 대단한 사람인가를 점점 깨닫기 시작했다. 동시에 아버지가 얼마나 무능하고 무책임한 가장이었는지 알아차리기 시작했다. 너무나 어처구니없게도 엄마와 비슷한 시각을 갖게 된 것이다! 적어도 아버지에 대한 생각만큼은.

청소년기까지만 해도 아버지와는 정서적으로 친밀한 관계를 유지하고 있었다. 아버지는 내 수험생활을 격려했고 내가 이룬 성취에 크게 기뻐했다. 그런데 밀월관계는 거기까지였다. 어느 날부터인가 나에게 사회적으로 성공해서 자신을 부양하고 집안의 명예를 높여 주기를 바랐다. 꿈이 없다고, 어떻게 살아야 할지 잘 모르겠다고 말하는 나에게 아버지를 위해 살아달라고 말했다. 본인은 여전히 아무 노력도 하지 않으면서.

나는 모든 것이 될 수 있었지만 동시에 아무것도 될 수 없었다. 혼란스러웠다. 꿈은 만화가였지만 초라한 문하생 생활은 하고 싶지 않았다. 그렇다고 남의 눈과 아버지의 기대에 부응하기 위해 고시생이 되고 싶지도 않았다. 내 친구를 포함해서 많은 학생들이 가족과 부모님에 대한 책임감과 부채감으로 고시를 목표로 잡고 수험생활에 정진하고 있었다. 하지만 나에게는 딴 세상의 일이었다. 그때의 나는 오로지 나밖에 몰랐다. 누군가를 위해 어려움을 참는 일 따위는 있을 수 없었다. 가족은 나에게 노력할 이유를 주지 못했다.

나는 목표를 정하지 못하고 갈팡질팡하면서 시간을 낭비했다. 그 와중에 편안한 대학 울타리를 벗어나 험한 사회로 나가야 할 시간은 점차 다가오고 있었다. 시간은 계속 흘러가는데 나는 방향을 정하지 못하고 머리만 열심히 굴렸다. 지금 생각하면 너무나도 부끄럽다. 다시 그때로 돌아갈 수 있다면 머리로 재는 것을 멈추고 당장 뛰어들었을 것이다. 뭔가에 도전해 보고 그 길이 아니다 싶으면 다른 일을 시도하면 되었을 텐데. 그 경험이, 시도를 통한 좌절과 깨우침이 이유와 동기가 되어줄 수 있었을 텐데. 하지만 그때의 나는 수많은 가능성 중에서 어느 것도 쉽게 선택하지 못하고 그냥 걱정만 했다. 바보처럼.

위태로운 사회생활

완전히 허송세월하면서 대학생 시절을 보내지는 않았다. 진로에 대한 고민으로 시간을 낭비하긴 했지만 영어 공부만은 열심히 했다. 나는 고등학교 때부터 영어를 좋아했다. 대학생이 되고 나서 명동에 있는 한 전통 있는 영어학원에서 새벽반을 수강하기 시작했다. 깜깜한 새벽에 수업을 듣고 명동의 웬디스에서 브랙퍼스트 세트를 먹는 것이 큰 즐거움이었다. 수업을 1년 넘게 들으면서 발음도 좋아졌고 회화도 점점 유창해졌다.

영어 잡지도 본격적으로 읽기 시작했다. 타임지와 이코노미스트지가 나의 영어 교사였다. 단어를 외우고 요약도 해 보는 사이에 실력이 많이 늘었다. 듣기도 열심히 했다. AP 뉴스를 녹음해서 온종일 들으며 귀가 트여갔다.

3학년 겨울방학 때 서강대학교에서 Writing 코스를 수강했다. 그때 원어민 교수로부터 "지금까지 채점해본 영어 작문 중에서 가장 뛰어난 글이다. 대수롭지 않은 실수는 있지만, 요점과 주장이 분명하다"는 칭찬을 받았다. 자신감을 얻은 나는 4학년 때 통번역대학원에 진학할 계획을 세우고 차근차근 준비하기 시작했다.

그때 아버지가 뇌졸중으로 쓰러졌다는 소식이 전해졌다. 아버지는 원래 혈압이 높고 당뇨 증세가 있었다. 그런데도 절제를 하지 못하고 술과 담배, 짠 음식을 즐겼다. 그 날도 친구들과 밤새 술을 마시고 고스톱을 치다가 쓰러져서 병원에 실려 갔다고 했다. 병원 침상에 누워있는 아버지를 보면서 마음이 복잡했다. 오빠는 늦게 군대에 간 상황이고 동생은 아직 어렸다. 생전 왕래를 하지 않았던 큰아버지가 문병을 와서 내 어깨가 무겁겠다는 말을 했다. 그건 내가 상황을 책임져야 한다는 뜻이었다. 당시 아버지와 관계가 좋지 않았지만 일단 취직을 해서 경제력을 갖추어야겠다는 생각을 했다.

엄마는 남편이 쓰러지자 태도가 달라졌다. 원수처럼 지냈지만, 근본적으로 미워했던 것은 아니었던 것 같다. 엄마는 위악이 심한 사람이었다. 가끔 병원에 와서 간호도 하고 그동안 한 푼도 쓰지 않고 모은 돈으로 병원비도 냈다. 그리고 아버지와의 결혼에 이어 두 번째로 큰 실수를 했다. 재활치료를 받고 다시 사업을 시작한 아버지에게 그동안 모은 전 재산을 건넨 것이다. 지금 생각해도 엄마가 왜 그랬는지 도무지 이해가 가지 않는다. 남편이 쓰러져서 죄책감을 느낀 것이었을까?

어느 날부터 아버지는 식사도 잘 안 하고 혼자 끙끙 앓았다. 엄마가 이유를 캐묻자 그제야 고백을 했다. 큰 이자를 준다고 해서 엄마가 준 돈을 누군가에게 맡겼는데 그 사람이 돈을 가지고 도망갔다는 것이다. 엄마는 절망했다. 평소처럼 큰 소리도 지르지 못하고 흐느껴 울기만 했다. 마음이 찢어지게 아팠다. 냉정하고 자기밖에 모르는 엄마를 미워했지만, 그 돈을 어떻게 벌었는지 누구보다 잘 알고 있었다. 추위에 떨면서도 이를 악물고 가족들에게는 한 푼도 쓰지 않고 노점상으로 모은 돈이었다. 편안한 성격 뒤에 감추어진 아버지의 나태함과 안일함, 그리고 무책임함이 치가 떨리도록 미웠다.

부모님은 그나마 살고 있던 반지하 빌라도 날리고 보증금 300만 원, 월세 50만 원의 집으로 이사를 했다. 나는 별 준비 없이 대기업에 취직했다. 좋은 학교 졸업장과 영어 실력 덕분이었다. 하지만 사회성이 없었던 나에게 조직 생활은 고3 시절보다도 힘들었다. 회사는 권위적인 분위기였고 상사의 명령은 곧 법이었다. 나는 그 권위에 반발했다. 내가 왜 그랬는지 잘 모르겠다. 아마도 최초의 권위인 '엄마'에 대한 반감이 내면에 내재되어 있었던 것 같다. 그리고 그것이 외부의 권위에 이유 없이 저항하는 태도로 이어지지 않았나 싶다.

게다가 그때의 나는 성인이라고 할 수 없는 심리 상태를 갖고 있었다. 비난하는 사람에게는 반발했고 애정을 보여주는 사람에게는 고분고분했다. 전형적으로 어린아이 같은 태도였다. 조직 생활을 몰랐고 부당한 처사에 분노했다. 무서움도 모르고 강한 사람에게 더 반발했다. 한 마디로 철이 없었고 사회생활에 빵점이었다.

나에게는 유머 코드가 없었다. 사회 속에서 암묵적으로 인정되는 규약도 잘 몰랐다. 사람 말을 한 번에 잘 알아듣지 못했고 행동도 느렸다. 요즘 말로 하면 '리액션'이 너무 부족했다. 이런 나에게 회식은 그야말로 끔찍했다. 폭탄주를 마시고 테이블에 올라가 상사를 위해 공연을 하는 선배들의 모습은 미친 사람들처럼 보였다.

조직에 적응하기가 힘들었다. 조직에 대한 일체감, 소속감을 느끼기 어려웠다. 아침에 눈 뜰 의욕이 없었고 출근길은 매일 도살장에 끌려가는 것 같은 느낌이었다. 하루하루 나를 죽이고 있다는 생각이 들었다. 회사에 들어가기 전에

단체생활을 전혀 해 보지 않은 것이 문제였다. 대학생일 때, 나는 MT도 잘 가지 않고 스터디나 동아리 활동도 거의 하지 않았다. 집단에 소속되어 꼴 보기 싫은 사람도 참고 하기 싫은 일도 참으면서 인내해 본 경험이 없었다. 그래도 나를 위한 시험대라고 생각하고 첫 직장에서 1년을 견뎠다. 여기서 떨어져 나가면 아무것도 할 수 없을 것 같아서였다. 어떻게든 1년을 버티고 그 경력을 가지고 이직할 생각이었다.

힘든 일은 직장 밖에서도 있었다. 아버지는 내가 취직하자 본인에게 월급 통장을 맡기기를 원했다. 나는 싫은 티를 내고 통장을 내주지 않았다. 그러자 어느 날 나를 불러 앉혀 놓고 내 명의로 대출을 받아 주면 사업을 해서 이자와 원금을 갚겠다고 했다. 나는 하늘이 무너져도 그렇게 할 생각이 없었다. 아버지가 얼마나 무책임한 사람인지 너무나 잘 알고 있었다. 아버지는 사람은 좋았지만 자기 성찰이라는 것이 전혀 없었다. 엄마가 한 실수를 절대로 되풀이하고 싶지 않았다.

내가 부탁을 거절하자 아버지는 매우 실망했다. 화를 내고 나중에는 포악해졌다. 갑자기 분노를 못 이겨 평소에 하지 않던 손찌검을 하기도 했다. 어느 날은 출근하는 나를 따라 나와 현금인출기로 데리고 갔다. 월세 낼 돈이 없으니 앞으로 월세를 내 달라는 것이었다. 나는 CD기에서 돈을 찾아 아버지에게 주고 출근했다. 그날 나는 엄마의 심정을 어느 정도 이해할 수 있었다.

돌이켜보면 아버지의 마음도 이해가 간다. 아버지는 나에게 배신감을 느끼고 있었다. 예뻐하고 기대하던 큰딸이 취직을 했으니 내심 기대했을 것이다. 앞으로 자신의 생계를 책임져 줄 것이라고. 병들고 힘이 없어진 아버지는 딸에게 기대고 싶었을 것이다. 나도 아버지에게 부채감을 느끼고 있었다. 아버지는 항상 나를 응원했고 격려했다. 문제는 내가 엄마의 말과 인생 궤적을 통해 아버지의 무책임함을 너무나 잘 알고 있다는 사실이었다. 나는 아버지를 사랑했지만, 능력 면에서는 전혀 신뢰하지 않았다. 돈은 줄 수는 있어도 갚지 않을 것이 분명한 대출로 내 미래를 저당 잡힐 수는 없었다.

엄마는 희망을 잃고 자포자기한 상태였다. 그러면서도 나에게 악착같이 월급을 모아 내 앞길을 챙기라고 말했다. 이즈음 나는 엄마에게 동병상련의 마음을 느끼고 있었다. 엄마와의 관계는 여전히 냉랭했다. 하지만 엄마가 안쓰러웠다.

그러던 어느 날 경찰이 집에 들이닥쳐 아버지를 사기죄로 구속했다. 과거 동업자 중 한 명이 아버지를 고소한 것이다. 나는 그때 1년을 채우고 다니던 직장을 그만둔 상태였다. 다른 직장에 취직이 되었는데 입사할 때까지 시간이 조금 남아 여행을 준비하고 있었다. 아버지가 구속되면서 여행은커녕 여동생과 함께 구치소에 면회를 가야 했다. 상황을 알아보니 아버지가 일방적으로 잘못한 것은 아니었다. 서로 얽힌 채무 관계가 있었는데 상대방에서 먼저 소장을 접수한 상태였다.

변호사를 선임해서 재판을 할지 결정해야 했다. 집에 돈이라고는 전혀 없었다. 오빠는 군대에 가 있고 여동생은 등록금이 없어서 다니던 대학을 휴학한 상태였다. 퇴직금과 우리사주로 받은 돈을 변호사 선임비로 써야 할지 결정해야 했다. 어떤 결정을 내려야 할지 두려웠다. 그런데 불행인지 다행인지 굳이 선택하지 않아도 되는 상황이 벌어졌다. 아버지가 구치소에서 또다시 쓰러진 것이다. 아버지는 다시 병원에 입원했고 고소는 취하됐다. 두 번째 재활치료를 받았지만 이번에는 정상으로 돌아가지 못했다. 아버지는 가족에게 병원비만 남기고 자리에 누워 있어야 하는 처지가 되었다.

채울 수 없는 결핍감

가슴이 텅 비어버린 느낌이었다. 세상에 이렇게 많은 사람이 살고 있는데, 어디에도 진심으로 나를 지켜봐 주고 응원해주는 사람이 없었다. 차라리 고아였으면 좋겠다는 어리석은 생각도 들었다. 고아로 자란 사람들이 이 글을 본다면 화를 내고 욕할지 모른다. 가족이 없다는 게 얼마나 끔찍하고 잔인한 일인지 아느냐고 힐난할 것이다. 하지만 가족이 짐이 되고 가족에게 애정을 느낄 수 없는 상황도 나에게는 끔찍했다.

그 당시 나는 처절하게 외로웠다. 미래에 대한 불안 때문에 가슴이 짓눌리고 답답한데 그것을 털어놓고 의논할 사람이 없었다. 그 전까지는 개인적인 일을 다른 사람들과 공유하지 않고 혼자서 생각하고 처리하는 방식이 편하고 좋았다. 외로울 때도 많았지만 견딜만했고 익숙해졌다. 하지만 진짜 어려운 상황이 닥쳐오자 주변에 마음을 터놓을 수 있는 사람이 없다는 게 얼마나 서글픈 일인지 알게 되었다. 처음으로 모든 것을 털어놓을 수 있는 사람의 존재가 그리웠다.

두 번째 회사를 들어가기 전, 두어 달의 시간 동안 동생과 나는 많은 일을 처리해야 했다. 서울에서 계속 월세를 내고 사는 것은 큰 부담이었다. 수도권의 저렴한 지역에 아주 싼 빌라를 구해 부모님 거처를 그쪽으로 옮겼다. 아버지가 계속 재활치료를 받을 수 있는 병원도 알아보고 만기가 된 적금 500만 원을 엄마에게 건넸다.

엄마는 무척 기뻐했다. 엄마에게 가장 큰 고문은 아무것도 할 수 없는 상황 그 자체였다. 돈만 벌 수 있다면 아무리 험한 일도 마다하지 않았다. 아버지가 지팡이를 짚고 어느 정도 거동할 수 있게 되자 엄마는 당장 일을 시작했다. 내가 마련해 드린 돈으로 동대문에서 아기들 옷을 사서 새로 이사 간 동네에서 팔았다. 눈썰미가 좋은 엄마는 그 동네에 변변한 유아 의류점이 없다는 사실을 일찌감치 파악했다.

동생과 나는 비교적 집값이 싸고 교통이 좋은 지역으로 이사를 했다. 이제 동생과 나, 두 사람이 가족이었다. 솔직히 그 상황이 싫지 않았다. 대학에 들어가면서부터 혼자 살았지만, 어느 정도 시간이 지나자 외로움이 밀려왔다. 내가 가장 의지하고 좋아하는 동생과 단둘이 사는 게 좋았다. 나는 새 회사로 출근하고 동생은 집에서 반찬을 만들어놓고 퇴근하는 나를 기다렸다.

우습지만 마치 신혼부부가 된 느낌이었다. 우리는 2층 단독주택의 옥탑방에 살고 있었는데 그곳에는 상당히 넓은 마당이 있었다. 사실 이 마당 때문에 이 집을 선택했다. 주인아주머니가 옥상에 호박과 상추, 가지 같은 채소를 많이 심어 놓아서 옥상을 거닐다 보면 도심 속 작은 정원에 있는 것 같은 기분이 들었다. 식물들이 많았으니 당연히 벌레도 따라왔다. 하지만 이 옥상 정원은 상황에 지쳐 있던 우리 자매에게 큰 위로가 되었다.

얼마 후, 오빠가 제대했다. 오빠는 집안 상황을 알고 무척 곤혹스러워했다. 나도 그랬지만 오빠도 역시 이기적이었다. 군대에 가 있는 동안 가족들이 겪었을 어려움을 안타깝게 생각하기보다는 자신의 계획이 어그러짐을 먼저 걱정했다. 오빠는 기술고시를 준비하고 있었다. 군대 때문에 끊겼던 공부를 다시 해서 그해 시험을 볼 생각이었는데 당장 들어가 살 집이 없었다. 별수 없이 멀고 좁은 부모님 집으로 들어가 시험 준비를 해야 했다.

내 처지에서 볼 때, 오빠는 아쉬울 것이 없는 사람이었다. 일단 엄마가 전적으로 오빠를 지원했다. 동생과 나는 대학에 입학하는 순간부터 철저하게 자신의 힘으로 학비와 용돈을 마련해야 했다. 하지만 오빠는 재수학원에서부터 대학 등록금, 심지어 용돈까지 엄마가 다 지원했다. 오빠가 장학금을 받아서 대부분의 학비를 충당하기는 했다. 하지만 돈 걱정 안 하고 아르바이트나 흔한 과외조차도 하지 않고 공부에만 몰두할 수 있었던 사람은 오빠뿐이었다. 나는 늘 과외를 두세 개씩 했고 동생은 커피숍에서 아르바이트를 했다. 우리 눈에는 오빠가 배부른 투정을 부리는 것처럼 보였다.

어느 날, 오빠에게서 전화가 왔다. 내일이 기술고시 2차 시험인데 내 방에서 하룻밤 잤으면 좋겠다고 했다. 수도권 변두리 부모님 집에서 시험장까지는 너무 거리가 멀었다. 나는 싫은 티를 냈다. 방이 하나인데 오빠랑 여동생들이 같이 자는 것은 이상하다고, 시험장 근처의 여관에서 자고 시험을 보러 가면 안 되냐고 말했다. 오빠는 평소처럼 화를 벌컥 내고 전화를 거칠게 끊었다.

오빠의 부탁을 거절했지만, 마음 한구석에 불안 한 조각이 남았다. 오빠는 시험 전날 잠을 잘 자지 못하는 버릇이 있었다. 오빠도 나와 마찬가지로 예민하고 불안을 잘 느끼는 성격이었다. 나는 그나마 시험 불안은 없는 편인데 오빠는 시험 전날이면 늦게까지 잠을 못 이루다가 불을 켜 놓고 잠들곤 했다. 그래도 이제 어른인데 그 정도 마인드 컨트롤은 할 것으로 생각했다.

오빠가 잘 곳이 없어서 내 방에서 재워달라고 부탁한 것은 아니었다. 오빠에게 필요했던 것은 시험 전날 불안을 달래주고 아침에 자신을 깨워주고 용기를 줄 가족이었다. 늘 괴롭혔던 여동생들이었지만 그래도 그들이 가장 편하고 좋았던 것이다. 나도 그 마음을 알고 있었다. 하지만 마음 깊은 곳에는 오빠에 대한 미운 감정이 남아 있었다. 나한테 그렇게 나쁘게 해 놓고 이제 와서 도움을 요청하는 것이 뻔뻔스럽게 느껴졌다. 게다가 본인은 엄마의 지원을 충분히 받고 있으면서.

그날 저녁 쓰레기를 버리려고 문을 열고 나가보니 문 앞에 누가 서 있었다. 오빠였다. 오빠는 다짜고짜 화를 냈다. 처음엔 영문을 몰라 나도 같이 화를 냈다. 알고 보니 늦게 일어나 시험장에 가지 못했다는 것이다. 내 예감처럼 전날 잠을 제대로 자지 못한 것이 화근이었다. 기가 막혔다. 다 큰 어른이 그 정도의 자기관리도 못 해서 그토록 중요한 시험을 놓치다니. 오빠가 응시한 부문은 매년 선발 인원이 5명이 채 되지 않았다. 그만큼 경쟁률이 높고 힘든 시험이었다.

그 날 오빠의 얼굴은 자기혐오와 분노로 일그러져 있었다. 그날 처음으로 오빠가 가여웠다. 미치도록 불쌍했고 또 미안했다. 2년을 꼬박 준비한 시험이었다. 1차 시험을 우수한 성적으로 합격하고 이제 2차 시험만 통과하면 그토록 바라던 사무관이 될 수 있었다. 내가 어린 시절에 쌓였던 미움을 억누르고 오빠를 돌봐줬더라면 시험을 잘 보고 합격할 수도 있었을 텐데. 물론 어려운 시험이니만큼 떨어질 확률도 높았다. 하지만 적어도 시험장에 가서 시험은 볼 수도 있었을 것이다. 최소한 시험장 문턱에도 못 가서 떨어지는 이런 어처구니없는 상황은 벌어지지 않았을 것이다.

나도 모르게 오빠를 안아주었다. 생전 처음이었다. 흐느껴 우는 오빠를 안고 오랫동안 달래주었다. 미안한 마음을 담아 오빠의 등을 토닥거려주었다. 가정 환경에 대한 불만, 미래에 대한 불안, 마음 터놓을 곳이 없는 외로움은 나만의 몫이 아니었다. 오빠도 그 모든 감정을 느끼고 있었고 힘들어하고 있었다. 그날 나는 오빠에 대한 해묵은 감정을 등을 쓰다듬는 내 손에 담아 깨끗이 털어버렸다. 오빠가 마냥 애처로웠다.

우리 형제들에게 필요했던 것은 부모님의, 가족의 애정과 지지였다. 하지만 내 안에는 그런 여유가 남아 있지 않았다. 내가 받아보지 못한 사랑과 배려를 줄 수는 없었다. 주고 싶어도 마음이 텅 비어 있었다. 우리 가족은 모래알과도 같았다. 서로에 대한 희미한 연민은 있었지만 각자 너무 아파서 서로를 위해주고 충분히 도와주지 못했다.

가족이 결속되고 하나가 되려면 누군가의 노력과 희생이 반드시 필요하다. 어느 한 사람이 자신을 조금 희생하면서 조건 없는 사랑을 행동으로 보여주면서 다른 가족들을 이끌어줘야 한다. 보통 그 역할을 부모, 특히 엄마가 하기 마련이다. 그러면 자녀들도 부모의 마음을 알고 가족에 대해 자연스러운 의무감과 끈끈한 결속력을 갖게 된다. 하지만 우리에게는 그런 당연함과 끈끈함이 없었다. 그날 밤, 나는 우리 가족에게 부족한 것이 무엇인지 깨닫고 오빠에 대한 안쓰러움으로 잠을 이루지 못했다.

제3장
내 삶을 지켜준 순간들

한 권의 책

어느 순간부터 나는 자신을 부끄럽게 생각하기 시작했다. 어른이 되었는데 도 여전히 어린 시절의 나쁜 기억에서 벗어나지 못하고 불우한 환경을 핑계로 대는 나. 나보다 훨씬 더 안 좋은 환경에서도 열심히 사는 사람들도 많다는 사실을 알고 있었다.

주변에서 그런 사람들을 직접 본 것은 아니다. 하지만 대학에 간 것만으로도 더는 환경을 불평해서는 안 된다고 생각했다. 분명히 집안 형편 때문에 대학에 진학하지 못하는 사람들이 있었다. 내 부모님은 대학에 가라는 말도 하지 않았 지만 가지 말라는 말도 하지 않았다. 그냥 무관심했을 뿐이었다. 그 정도만 해 도 충분히 다행으로 생각해야 했다.

나는 엄마에게 불편한 양가감정을 갖고 있었다. 이성적으로는 엄마를 이해 했고 어떤 면에서 존경스럽다고 생각했다. 하지만 감정적으로는 여전히 엄마 에 대한 미움에 시달리고 있었다. 보지 않을 때는 그립기도 하고 걱정도 되지 만 막상 얼굴을 보고 말을 하게 되면 마음이 상해서 돌아오기가 일쑤였다. 엄마는 여전히 퉁명스러웠고 남의 감정을 전혀 고려하지 않았다. 얼굴을 보자마자 안 좋은 말들을 쏟아냈다.

그러면 나도 표정이 굳어지고 반발하는 말로 응수했다. 그러고 싶지는 않지만 나도 모르게 쌀쌀맞고 신경질적으로 엄마를 대했다. 일종의 연습된 자연 반사라고나 할까? 오랜만에 부모님 집에 가면 기분이 좋아지기는커녕 더욱 우울해져서 돌아오곤 했다. 내가 기억하는 엄마는 항상 같은 모습이다. 그런데 왜 엄마의 말을 무감정하게 넘기지 못하는 걸까? 예외 없이 예민하게 반응하는 나 자신이 싫었다. 결국, 자주 안 보는 것이 최선이라는 결론에 도달했다.

대학교 3학년 여름방학 때의 일이다. 학교 서점에서 새로 나온 책들을 들춰보다가 우연히 눈에 띄는 제목을 발견했다. 내부로부터의 혁명(Revolution From Within). 제목이 강렬했다. 글로리아 스타이넘이라는 미국의 페미니스트 여성 작가가 쓴 책이었다. 나도 모르게 책을 집어 들고 책장을 넘겨 목차를 보았다. '행복한 유년시절은 지금도 늦지 않다. 과거의 그 가엾은 아이가 오늘의 아이를 지배하고 있다. 우리 자신의 부모가 되자' 같은 소제목들이 보였다. 심장이 훅 뜨거워지는 같았다. 글로리아 스타이넘은 우리나라에는 많이 알려져 있지 않지만 미국의 유명한 언론인이자 페미니즘 운동가다. 어릴 때 아버지가 이혼 후 집을 떠나고 어린 나이에 감정적으로 문제가 있는 어머니를 돌보면서 성장했다고 한다.

그동안 나는 자신감이 없고 불안에 시달리고 쉽게 위축되는 성격이 내 탓이라고 생각했다. 고치고 싶었지만 어떻게 고쳐야 할지 몰랐고 시도해도 잘되지 않았다. 그러면서 어쩔 수 없는 자괴감이 생겨났다. 하지만 이 책을 읽으면서 나의 기질과 성격이 내 탓만이 아니며 환경과 잘못된 양육의 결과라는 사실을 알게 되었다. 그리고 '과거의 상처 입은 어린아이를 치유함으로써 현재의 나를 바꾸는 것이 바로 내부로부터의 혁명'이라는 책의 메시지에 깊이 감동했다.

내가 어렴풋이 느끼고 있던 작은 생각의 파편들에 정당성을 부여하는 메시지였다. '지금까지의 불행은 내 책임이 아니다. 하지만 앞으로의 불행은 내 책임이다. 더는 자책하지 말고 외부에 책임을 돌리지도 말고 새로운 인생을 살아가자.'

나는 오랜 죄책감을 떨쳐낼 수 있었다. 내 성격 때문에 엄마의 사랑을 받지 못한 것이 아니었다. 나는 잘못된 양육의 희생자였다. 내가 받은 것은 정서적 학대와 모욕이었다. 정서적 학대를 받은 아이들은 자존감을 형성하지 못한다. 그 기억은 아이들의 인생에 평생의 트라우마로 남는다.

엄마는 나의 기질, 나의 성격, 나의 말, 내가 하는 모든 행동을 못마땅하게 생각했다. 그리고 그런 행동을 하는 나에게 '나쁜 아이'라는 낙인을 찍었다. 비난은 아이의 행동에 머물러야 한다. 하지만 나의 엄마는 이유도 잘 설명해주지 않고 마음에 들지 않는 행동을 한다는 이유만으로 나를 '못된 아이'로 규정지었다.

내가 아무리 내 잘못이 아니라 엄마 잘못이라고 생각해도 속으로 개운하지 않았다. 누가 그런 말을 대신 해주고 엄마의 잘못임을 만천하에 드러내 주었으면 좋겠다는 마음이 깊은 곳에 숨어 있었던 것 같다.

이제 엄마에 대한 미움은 많이 가셨다. 엄마의 상황을 이해했고 오히려 상황을 그렇게 만든 아버지를 원망했다. 하지만 엄마를 대할 때마다 내 안의 어린아이가 저항했다. 나의 머리, 즉 어른이 된 나는 그렇게 하지 말라고 하는데, 내 안의 어린아이가 무의식적으로 튀어나왔다.

그로부터 몇 년 동안 나는 내면의 상처 입은 어린아이를 치유해야 한다는 이론을 알면서도 실천하지 못했다. 이론이 실제가 된 것은 우연히 찾아온 우정을 경험하고 가족을 만들고 내 아이를 키우면서부터였다.

처음 나눈 우정

나의 첫 직장은 대기업 계열사의 기획실이었다. 회사 분위기는 권위적이었고 기획실의 분위기는 어수선했다. 직속 이사가 바뀔 것 같은 상황에서 사람들은 몇 달 동안 일에서 손을 놓았다. 일을 열심히 해 봤자 새 이사가 오면 휴지통으로 들어간다는 것이 이유였다. 매일 사무실에 비치된 신문을 읽고 인터넷 서핑하고 사내 도서관에서 시간을 때우는 것이 일이었다.

남들이 보면 편한 직장 생활을 했다고 말할 것이다. 하지만 가뜩이나 조직 분위기가 낯선 신입사원의 입장에서는 이 상황이 무척 불편했다. 사수가 정해져 있어서 나에게 일을 가르쳐주었으면 좋겠는데 그들도 일에 관심이 없었다. 그들은 주식투자와 다단계 사업에 빠져 있었다. 그중의 한 선배는 하루빨리 허울 좋은 대기업에서 나가서 일을 제대로 배울 수 있는 다른 곳으로 옮기라고 조언하기도 했다.

사실 신입사원이 기획실에서 할 수 있는 일은 별로 없다. 내가 기획실로 가게 된 것은 순전히 영어 때문이었다. 당시 이 회사는 유럽의 한 회사와 합작투자를 논의하고 있었는데 그 제반 과정을 담당할 영어 잘 하는 사람이 필요했다. 하지만 사내 정치 문제로 직속 이사가 결정되지 않은 상태에서 내가 할 일은 별로 없었다. 다음 해에 대표이사가 유럽 회사를 방문할 예정이어서 거의 일 년간 의전 문제로 서신 보내고 팩스 주고받는 것이 내가 한 일의 전부였다.

그 일도 중요하기는 하다. 하지만 정말 그렇게 많은 시간과 노력을 투자해야 하는지 의문이었다. 선배들은 윗선의 명이 떨어지면 부랴부랴 자료를 수집하고 기획서를 만들었다. 윗선의 의중을 파악하는 것이 가장 중요했다. 본인 생각이나 회사 비전과는 전혀 상관없이 윗사람이 원하는 대로 보고서를 작성했다. 한마디로 윗사람의 의중을 알아내서 그것을 뒷받침하는 자료를 만드는 것이 내가 속한 부서의 업무였다.

나중에 알고 보니 다른 회사들의 사정도 크게 다르지 않았다. 하지만 나는 기획실이 무슨 비서실처럼 운영되는 것이 싫었다. 지금 취업을 준비하는 사람들이 들으면 무슨 배부른 소리냐고 하겠지만 그때의 나는 그런 일을 하고 싶지 않았다. 아마도 지금처럼 취업난이 심각하지 않았던 시절이어서 찬밥 더운밥을 가렸던 것 같다.

첫 번째 직장을 1년 만에 그만두고 들어간 두 번째 직장은 저작권 에이전시였다. 나는 늘 책에 관심이 많았는데 이 회사는 외국 서적을 국내 출판사가 번역해서 발행할 수 있도록 저작권을 중개해주는 일을 했다. 그때의 나는 안정적인 직장에 별로 관심이 없었다. 서른이 되기까지 최대한 경험을 많이 해보고 내가 가장 잘 할 수 있는 일을 찾으면 캐나다로 유학을 가서 거기서 평생 살 생각이었다.

두 번째 직장을 다니는 동안 어떤 벤처기업에 이력서를 넣었다. 코스닥 벤처 열풍이 조금씩 불고 있는 시점이었다. 조직에 대한 환상은 없었지만, 벤처기업에 대한 호기심이 발동했다. 막상 가보니 내 또래의 젊은 여자들이 많았고 면접관의 태도는 무척 캐주얼했다. 일단 분위기가 마음에 들었다. 내가 원하는 조건으로 일할 수 있게 되자 망설일 이유가 없었다.

이 회사에서 해외 정보를 가공, 분석하는 일을 맡았다. 빠른 시간 안에 핵심을 파악하고 이를 간결하게 정리하는 능력이 필요했다. 한 달도 채 되지 않아 나는 이 회사야말로 내가 가진 능력을 최대로 발휘할 수 있는 곳이라는 사실을 알았다. 남들이 몇 시간 걸려서 해야 할 일을 나는 집중해서 한 시간 만에 할 수 있었다. 다른 직원들보다 일을 훨씬 더 빨리, 그리고 더 잘 해낼 수 있었다. 조직에서 실력으로 인정을 받았고 까다롭고 중요한 일이 나에게 주어졌다.

일단 조직 내 역학 관계에 신경 쓸 필요가 없어서 좋았다. 역시 나에게는 업무 중심의 회사가 잘 맞았다. 하지만 가장 좋았던 점은 이 직장에서 평생의 친구들을 만난 것이다. 나보다 몇 살 위인 언니들과 동갑 친구, 그리고 조금 나이가 어린 후배들, 이렇게 5명이 친구가 되었다. 우리는 각자 개성이 매우 강했지만 함께 있으면 잘 어우러졌다. 그것은 카리스마 있는 언니 한 명(L 언니)이 의지를 가지고 우리의 결속과 우정을 리드했기 때문이었다.

사실, L 언니는 성격이 강압적인 편이었다. 나는 그런 사람을 멀리하는 편이지만 이 언니는 달랐다. 차이점이라면 L 언니가 조건 없는 호감과 애정으로 나를 대했다는 것이다. 나에 대한 언니의 과도한 관심은 마치 큰 언니나 엄마의 사랑처럼 느껴졌다. 무엇보다도 아무 이유 없이 나를 좋아해 주는 게 좋았다. 내가 어떤 행동을 하든 그 행동과 나에 대한 애정과는 별개였다. 무조건 내 편인 L 언니와 함께 있으면 내가 가치 있는 존재처럼 느껴졌다.

우리는 퇴근 후에 도심 한복판에서 만나 맛있는 것을 먹고 수다를 떨었다. 여자들끼리 그룹을 지어 몰려다닌 것은 생전 처음 해 보는 경험이었다. 청소년 기에도 못 해 본 일을 20대 중후반에 실컷 하게 된 셈이었다. 늦바람이 따로 없었다. 우리는 때마다, 절기마다 여행을 가고, 맛있다고 소문난 식당을 찾아갔다. 크리스마스가 되면 나름 저렴한 호텔 뷔페를 찾아내 우리끼리의 파티를 열었다.

덕분에 인생의 소소한 재미를 알게 되었다. 좋은 사람들과 즐겁게 지내는 것보다 더 멋진 일은 세상에 없다는 것을 알았다. 한 마디로 인간관계의 즐거움에 눈을 뜨게 된 것이다. 나 혼자서는 해 볼 생각도 못 했던 일들도 친구들 덕분에 해보게 되었다.

나는 해방감을 느꼈고 이들과 어울리면서 우울한 집안 상황을 잠시나마 잊을 수 있었다. 이들은 중, 고등학교 동창을 대하듯 거리낌 없이 나를 대했다. 고맙게도 나의 독특한 성격과 단점을 이해하고 인정해주었다. 우리는 서로의 고민을 공유했고 나도 내 고민을 털어놓았다.

생각해보았다. 성격과 살아온 이력이 다른 우리가 이렇게 좋은 관계를 맺을수 있었던 이유를. 아마 20대 중후반 여성들이 갖고 있었던 결혼과 불투명한 미래에 대한 불안이 그 원동력이 아니었을까. 불안했기에 더 뭉치려고 했고 조건 없이 서로를 지지했던 것 같다.

직장에서 만난 소중한 친구들과 매일 어울리면서 나도 모르는 사이에 성격이 밝아지고 씩씩해졌다. 무엇보다도 행복하지 않았던 유년기가 현재의 행복을 추구하는 데 있어 큰 문제가 되지 않을 것 같다는 생각이 들었다. 정도는 다르지만 우리는 각자 어느 정도의 트라우마를 갖고 있었다. 나만 아팠던 것은 아니라는 말이다.

기약 없는 이야기이긴 했지만 우리는 함께 창업도 꿈꿨다. 몇 년 후 직장을 나가게 되면 각자의 전문성을 살려서 회사를 차려보자고 말했다. 창업 이야기만 나오면 마음이 들떴다. 언제가 될지는 모르지만, 반드시 함께 하리라 다짐했다. 이렇게 의식하지 못하는 사이에 나는 서서히 치유되고 있었다. 하지만 내가 새로 사귄 친구들과 즐겁게 지내는 사이에 여동생은 내가 미처 눈치채지 못한 마음의 상처로 곪아가고 있었다.

동생의 독립 선언.
그리고 우울증

어느 날 밤, 동생이 집을 나가겠다고 선언했다. 만나는 사람이 있는데 일단 같이 살림을 차리고 기반이 잡히면 나중에 결혼식을 올리겠다고 했다. 충격이었다. 동생에게 사귀는 남자가 있다는 사실은 알고 있었다. 하지만 결혼까지 생각할 정도로 그 사람과의 만남을 진지하게 생각하는 줄은 몰랐다.

나는 반대했다. 동생은 그 당시 큰 복합쇼핑센터의 매장에서 판매 직원으로 일하고 있었다. 동생과 만나는 상대는 같은 층 다른 매장의 판매 직원이었다. 일단 남자 쪽의 직업이 마음에 들지 않았다. 동생은 비록 중퇴하기는 했지만 얼마 전까지 서울 4년제 대학의 학생이었다. 반면에 그 사람은 지방 전문대 출신이었다. 학력 위주의 사고방식을 갖고 있지 않는데도, 동생의 일이니만큼 저절로 보수적인 입장이 됐다. 하지만 동생의 태도는 강경했다. 내가 뭐라고 하던 간에 내일 짐을 싸서 나가겠다는 것이었다. 때가 되면 말할 테니까 집에는 당분간 비밀로 해 달라고 했다.

나는 그때까지 내 동생을 어린아이로 여기고 있었다. 그때 동생은 스물여섯 살이었다. 충분히 연애도 하고 결혼도 할 수 있는 나이였다. 하지만 나는 동생이 돈을 좀 모으면 적성에 맞는 일을 찾아서 사회생활을 더 할 것으로 생각하고 있었다. 이렇게 빨리, 이렇게 갑작스러운 방식으로 곁을 떠날 줄은 정말 몰랐다.

그날 밤 나는 잠든 동생의 손을 잡고 얼굴을 한참 동안 바라보았다. 동생은 나에게 단순한 여동생 이상의 존재였다. 어렸을 때는 가장 좋은 친구였고 유일하게 마음을 나누고 뭐든지 말할 수 있는 사이였다. 맛있는 떡볶이 집을 발견하면 나중에 동생을 데리고 와서 같이 떡볶이를 사 먹을 생각으로 위치를 기억해 두곤 했다. 학교에서 재미있는 이야기를 들으면 집에 가서 동생에게 이야기해주기 위해 다시 한 번 떠올리곤 했다. 동생은 나에게 유일한 친구, 모든 것을 공유하는 사람, 그리고 슬픈 일이 있을 때 끌어안고 울 수 있는 유일한 가족이었다. 동생이면서 곧 엄마 같은 존재였다.

그런 내 동생이 나를 떠나려고 하고 있었다. 그것도 내일 당장. 내가 동생을 서운하게 한 일이 없는지 돌아보았다. 그러다 보니 내가 굳이 마음에 두지 않았던, 내 일이 아니라고 가볍게 생각하고 넘어갔던 동생의 상처들이 보이기 시작했다.

동생은 다른 형제들과 달리 성격이 밝고 싹싹했다. 뭐든 심각하게 생각하지 않았고 남에게나 자신에게나 높은 잣대를 들이대지 않았다. 그냥 모든 상황이나 사람을 있는 그대로 받아들였다. 아버지의 가장 큰 장점이 느긋하고 여유 있는 성격인데 동생은 아버지의 장점을 혼자서 물려받았다. 늘 외톨이였던 나나 오빠와는 달리 친구도 많았고 가정환경 때문에 우울해하지도 않았다.

그런 동생을 가족 모두가 좋아했다. 나는 말할 것도 없고 늘 찬바람이 쌩쌩 불었던 엄마도 동생하고는 이야기도 나누고 웃기도 했다. 방문을 잠그고 자발적인 감옥 생활을 했던 오빠도 동생한테는 꽤 다정했다. 가끔 과자도 사 주고 귀엽다며 볼을 꼬집기도 했다. 그러다 보니 모두가 동생을 아무렇게나 대해도 괜찮은 존재, 늘 기분 좋은 애완동물처럼 여기게 된 것은 아닌지. 그 아이도 나름의 고민과 상처가 있다는 사실을 아무도 깨닫지 못했다.

시키지 않아도 알아서 공부를 잘 했던 나나 오빠와 달리, 동생은 공부와 담을 쌓고 살았다. 고3 때는 책상 앞에 앉으면 가슴이 답답해진다며 더더욱 공부하지 않았다. 어릴 때 신장염으로 한 달간 입원했던 일이 있어 아무도 그 아이에게 공부하라는 말을 하지 않았다. 운이 좋았는지 서울 4년제 대학의 전산학과에 입학했다. 대학생이 된 후 동생은 화장법을 배우고 다이어트를 시작했다. 아르바이트도 다양하게 했다. 나중에는 영화나 드라마의 단역배우(엑스트라)를 했다. 몇 초를 찍기 위해 온종일 밖에서 대기하는 일이었지만 재미가 있고 일당이 짭짤하다고 했다. 엑스트라를 하면서 영화배우도 많이 만났다. 당시 인기 절정이었던 배우와 같이 찍은 사진도 보여줬다.

동생에게는 계획이라는 것이 없었다. 내가 지극히 이성적이라면 동생은 극도로 감성적이었다. 전공 공부를 하거나 졸업 후 진로를 고민해 보는 일도 없었다. 그저 느낌이 오는 대로, 하고 싶은 대로, 충동적으로 행동하고 저질렀다. 어느 날부터 동생은 다이어트에 과도하게 집착했다. 체형관리 전문 센터에 등록하고 싶은데 돈이 부족해지자 내 카드를 몰래 빼내어 3개월 비용을 결제했다. 사고 싶은 코트도 내 카드로 결제했다. 그리고 나한테 들킬까 봐 청구서를 감췄다. 나중에 연체가 되어 독촉장이 날아오면서 모든 사실을 알게 되었다.

나는 무척 화를 냈다. 아버지의 무계획적이고 무책임한 행동이 싫었던 터에 이런 동생의 태도를 도저히 이해할 수 없었다. 나는 무책임의 극치라며 동생을 몰아붙였다. 그냥 두다가는 대학생 신용불량자가 될 것 같았다. 이미 몇 백만 원으로 불어난 카드 대금은 어쩔 수 없이 내가 떠안아야 했다. 나는 동생에게 앞으로 돈을 모으면 다른 데 쓰지 말고 내 돈부터 갚으라고 했다. 그 돈을 꼭 받아 낼 생각은 아니었다. 그냥 동생이 책임이라는 것을 인식하고 살았으면 좋겠다고 생각했다. 동생은 아마 그때의 내 태도에 큰 상처를 받은 것 같았다.

아버지가 구속되고 한 치 앞을 내다볼 수 없는 상황이 되었다. 다음 학기 등록금을 내야 하는데 동생에게 그런 돈이 있을 리 없었다. 아버지가 계셨다면 어디서 빌려서라도 내주셨을 것이다. 엄마는 동생에게 학점도 바닥이고(이미 학사 경고를 받았다) 공부에 뜻도 없으니 학교를 그만두고 다른 길을 알아보라고 했다. 아니면 일단 휴학을 하고 돈을 모아 본인 힘으로 대학을 졸업하라고 했다. 마지막 등록일까지 가족 모두 각자의 일과 상황 수습으로 바빴다. 아무도 묻지 않는 가운데 동생은 다음 학기를 등록하지 않았다.

나중에 등록기한이 지난 것을 알고 동생에게 왜 등록금을 내 달라고 부탁하지 않았느냐고 물었다. 동생은 부탁했으면 내주었을 거냐고 되물었다. 어땠을까? 그 상황에서 동생의 등록금을 내주었을까? 생각해보지 않은 질문이었다. 사실 동생이 대학 생활에 미련이 없는 줄 알았다. 공부도 하지 않고 시험도 엉망으로 보면서 밖으로만 쏘다니는 동생이 이해가 되지 않았다. 몇 번 충고도 했지만 고리타분한 훈계처럼 들린 것은 아니었는지.

내가 내 인생만큼 동생의 인생에 신경을 썼다면, 아니 반만큼이라도 관심을 가졌다면 동생이 부탁하기 전에 등록하라고 먼저 등을 떠밀었어야 했다. 미안한 마음에, 거절당할까 봐 차마 말을 못 꺼내는 그 아이의 마음을 짐작했어야 했다. 지난 잘못에는 눈을 감고 이제부터 잘 하면 된다고 격려했어야 했다. 잘못을 따지지 않고 그냥 믿어주었어야 했다. 그게 가족이니까. 하지만 엄마가 사업에 거듭 실패한 아빠에게 '무능력자, 무책임한 인간'이라는 낙인을 찍고 투명인간 취급을 한 것처럼 나도 동생에게 똑같은 태도를 보였다. 그토록 사랑하고 의지해온 동생이었는데 그깟 몇 번의 실수를 용납하지 못하고 상처를 주었다.

마음으로는 동생을 이해하고 있었다. 동생도 새 인생을 시작하고 싶었을 것이다. 내가 내 힘으로 새 인생을 시작하려고 애쓴 것처럼, 동생도 다른 사람과 새 생활을 시작하려고 하고 있었다. 당연히 축하해 주어야 했고 격려해 주어야 했다. 하지만 그러기에는 마음이 너무 공허했다.

다음날 동생은 정말로 가방을 싸서 집을 떠났다. 조용한 일요일이었다. 침대에 누워서 내다보지 않는 나에게 동생은 잘 지내라는 말을 남기고 가 버렸다. 동생이 떠난 뒤 감돌던 적막함이 기억난다. 이 세상에 철저하게 나 혼자인 느낌. 시간이 멈추고 이 고요한 순간이 영원히 계속될 것 같은 느낌. 그렇게 누워서 죽은 것처럼 하루를 보내고 난 다음 날 아침, 나는 회사에 출근하지 못했다.

나를 응원해준 사람들

어차피 동생과 평생 같이 살 수는 없었다. 나는 서른 살이 되면 유학을 갈 생각이었고 동생은 외국 생활을 원하지 않았다. 너무 갑작스러운 결정이라 당황스럽기는 했지만, 동생의 생각이 아주 잘못된 것도 아니었다. 마음에 드는 사람이 나타났는데 한번 살아보고 결혼을 생각해보겠다. 충분히 있을 수 있는 일이었다.

그런데 이상하게도 버림받은 것 같은 느낌이 들었다. 갑자기 미래가 참을 수 없이 절망적으로 느껴졌다. 지금까지는 혼자라는 사실에 익숙했다. 좋지는 않았지만 어쩔 수 없는 현실로 받아들였고 소름 끼치게 싫은 것도 아니었다. 그런데 갑자기 내 옆에 동생이 없고 앞으로 혼자라는 사실이 미칠 것 같이 두려워졌다.

사람의 마음은 참 이상하다. 볼 수도 없고 만질 수도 없는데 아무 힘없는 마음이라는 것이 육체를 조정하고 심지어 지배하기까지 한다. 마음이 초조하고 불안할 뿐이었는데도 몸을 일으켜 세울 수가 없었다. 손을 움직이는 것도 힘이 들고 심지어 숨을 쉬는 것조차 강도 높은 노동처럼 느껴졌다.

지금 생각하면 그때 나는 일종의 '공황'에 빠져 있었던 것 같다'. 어렸을 때부터 내부에 억압되었던 불안에다 동생의 독립 선언으로 받은 충격이 나를 일시적인 공황 상태로 몰고 갔다. 갑자기 나를 둘러싼 모든 상황이 최악으로 느껴졌다. 생활비와 가족의 일로 조금씩 쓰다 보니 곧 서른인데 모아둔 돈도 별로 없었다. 세상에서 가장 믿고 의지했던 동생은 나를 버리고 다른 사람에게 가버렸다. 앞으로 나에게는 아무 희망도 없다. 차라리 빨리 죽어버리는 것이 고통을 더는 길일 것이다. 이런 생각들이 머릿속을 둥둥 떠다녔다.

돌이켜보면 정말 어처구니없는 생각이었다. 동생과 전화할 수도 있고 며칠 뒤에 만날 수도 있었다. 돈이 많은 것은 아니었지만 맘만 먹는다면 충분히 외국으로 떠날 수도 있었다. 무엇보다도 하루 전과 달라진 것이 아무것도 없었다. 그저 동생이 내 곁에 없을 뿐이었다.

회사에서 3일의 휴가를 받았다. 방안에서 밥도 먹지 못하고 혼자 끙끙 앓았다. 아픈 건 마음인데 몸도 같이 앓았다. 휴가가 끝나고 회사에 다시 출근했지만 제대로 일을 할 수 없었다. 의자에 앉아 있는 것조차 힘들었다. 회사에 사정 이야기를 하고 일주일간의 병가를 받았다. 그냥 몸살이겠거니 생각했던 직장 친구들은 나를 걱정하기 시작했다. 내 안색이 무척 창백하고 눈빛이 텅 비어 있다고 했다.

친구들에게 대충 상황을 털어놓았다. 자세히 이야기하지 않았는데도 그들은 내 상태를 짐작하고 힘닿는 데까지 위로해 주려고 노력했다. 특히 L 언니는 적극적이었다. 혼자 있는 나를 걱정해서 전화를 자주 하고 병문안을 왔다. 힘이 될 만한 이야기도 많이 들려주었다. 내가 이렇게 고통스러워하니 너무 마음이 아프다면서 지금 이 시기만 넘기면 전처럼 다시 활기차게 살 수 있다고 힘주어 말했다. 내가 얼마나 많은 가능성을 가졌는지 내 나이가 얼마나 좋은 나이인지 알아야 한다고 했다. 나에게 필요한 것은 단 한 사람의 지지이고 그것만 있으면 모든 문제가 해결될 거라고 했다.

동생도 자신이 떠난 후에 그 충격으로 내가 아프다는 것을 알게 되었다. 미안해하고 도움을 주려고 애썼다. 내가 좋아하는 반찬을 만들어서 갖다 주었다. 동생이 여전히 나를 생각하고 걱정한다는 사실이 조금 위로가 됐다.

가장 놀라웠던 것은 엄마의 변화였다. 동생으로부터 내가 죽을 정도로 아프다는 말을 들은 엄마는 평소와는 다른 행동을 보였다. 성격 자체가 냉정한 엄마지만 자식의 병 앞에서는 약했다. 부모님 집에서 내가 사는 곳까지 오려면 대중교통으로 3시간이 걸렸다. 지하철과 버스를 여러 번 갈아타야 하는 그 먼 거리를 엄마는 매일 왕복하면서 나에게 와 주었다. 그런데도 힘든 내색을 하지 않았고 내심 기뻐하는 것 같기도 했다. 힘없고 아기 같아진 나를 돌보는 일에 보람을 느끼는 것 같았다. 엄마는 "네가 나를 이렇게 좋아하는 줄 알았으면 진작 찾아왔지."라고 말했다. 생각해보니 독립한 이후 엄마가 내 방에 온 것은 그때가 처음이었다.

난생 처음 엄마와 많은 이야기를 했다. 아니, 엄마가 주로 이야기하고 나는 듣기만 했다. 엄마는 자신이 과거에 힘들게 산 이야기를 나에게 들려주었다. 이미 알고 있는 사실이었지만 엄마의 입으로 직접 그때의 심정을 이야기하는 것은 처음이었다. 엄마는 한숨을 쉬면서 "너는 나처럼은 안 살겠지. 나처럼 살지 마라"라고 말했다. 별 것 아닌 말이었지만 이상하게 위로가 됐다.

지금까지 엄마는 자신이 얼마나 힘든지, 아버지 때문에 얼마나 죽고 싶은지, 자식들 때문에 뛰쳐나가지도 못하고 억지로 사는 게 얼마나 억울한지에 대해 강조해서 말하곤 했다. 본인의 억울함이 아니라 나에 대한 걱정과 소망을 말로 표현한 것은 이번이 처음이었다. 아니, 내가 엄마의 진심을 느낀 것이 이번이 처음이었다. 뭔가 얽히고설킨 매듭이 풀어지고 마음이 편안해지는 느낌이 들었다.

엄마는 나에 대한 서운함도 토로했다. 동생과 나는 서울에서 수도권 변두리로 집을 옮기고 그 집에서 하루도 자지 않고 서울로 돌아갔다. 아는 사람이라고는 하나도 없는 낯선 동네에 부모를 두고 냉정하게 가 버리는 우리들의 뒷모습을 보면서 마음이 착잡했다고 했다. '저 애들이 우리를 싫어하는구나. 짐스러워하고 있구나.'라는 생각을 했다고 한다.

죄책감이 들었다. 이사를 결정했던 것은 사실 돈을 절약하기 위해서이기도 했지만 내심 부모님과 멀리 떨어져 있고 싶다는 마음도 있었다. 동생과 나, 누구도 입 밖으로 내뱉지는 않았지만 같은 생각이었을 것이다. 만기가 된 적금을 찾아 엄마에게 건넸던 것도 비슷한 맥락에서였다. 나도 이렇게 엄마에게 상처를 주었다.

엄마의 이야기를 들으면서 놀라운 사실을 하나 발견했다. 같은 상황을 두고 엄마의 기억과 나의 기억이 전혀 달랐다. 도저히 같은 상황이라고 볼 수 없을 정도였다. 내가 무차별적인 비난, 인격 모독, 아동학대로 받아들였던 말이나 행동을 엄마는 전혀 기억하지 못했다. 오로지 내가 한 나쁜 행동들만 기억하고 있었다. 내가 얼마나 쌀쌀맞고 정 없는 아이였는지, 얼마나 고집불통이었는지, 얼마나 엄마를 싫어하고 아버지만 따랐는지, 엄마는 조금도 생각하지 않고 자신만 아는 아이였는지, 그래서 본인이 얼마나 상처를 받았는지 그냥 혼잣말하듯 주저리주저리 이야기했다.

나는 엄마의 모습에서 나를 보았다. 엄마의 기억은 심하게 왜곡되어 있었다.

그런 엄마를 보니 내가 사실이라고 믿는 기억도 정말로 정확할지 의심이 됐다. 아마 아닐 것이다. 우리 모두 자신의 고통에 매몰되어 상황을 객관적으로 보지 못했을 것이다. 나도 엄마가 나에게 했던 안 좋은 말이나 행동들만 기억하고 있었다. 엄마는 심지어 내가 '공부 잘하고 자기 일 잘 챙겨서 예쁜 아이'였다고 했다. 그래서 신경을 쓰지 않았다고 했다. "너는 내버려 둬도 잘 하잖니?"라고 말했다. 기가 막혔다!

물론 나는 엄마의 기억보다는 내 기억을 더 신뢰한다. 특히 직접적으로 나를 둘러싸고 일어났던 일들에 대해서는 내 기억이 사실에 더 가까울 것이다. 마치, 내가 동생의 일을 대수롭지 않게 여기고 내 마음대로 생각했던 것처럼, 엄마도 나에게 어떤 상처를 주었는지 잘 모르고 있을 것이다. 원래 피해자는 오래, 질기게 기억하고 가해자는 금방 잊는다. 내가 남에게 준 상처는 나에게 중요하지 않기 때문이다. 하지만 잘잘못을 따지는 것 자체가 이제는 무의미하다는 생각이 들었다.

나도, 엄마도, 오빠도, 아버지도 모두 자신의 입장에서만 생각했다. 정도의 차이는 있지만, 모두가 피해자인 동시에 가해자였다. 나는 내 아픔에만 집착했고 내 틀을 깨고 밖으로 나오지 못했다. 밖에는 더 큰 세상이 있는데, 내가 모르는 다른 상황이 있는데, 내가 할 수 있는 일들이 있는데 그것을 보려 하지 않았다. 피해의식에 사로잡혀 늘 부정적으로만 생각하고 상황에서 도피하려고만 했다.

엄마의 위로가 그렇게 큰 힘이 될 줄은 몰랐다. 엄마가 나를 생각한다는 사실, 내 행복을 응원한다는 사실, 나를 응원하는 사람들이 있다는 사실을 깨닫고 나는 용기를 내기 시작했다. 과거의 그림자를 털고 부정적인 생각을 버리고 툭툭 털고 일어나 열심히 살아보겠다는 마음을 먹게 됐다.

제4장
사랑하는 사람들

나의 부모님

나를 세상에 태어나게 하고 길러 주신 부모님에 대해 나쁘게 이야기하고 싶은 마음은 조금도 없다. 사실 이 세상에서 나를 가장 사랑해 주신 분들이고, 나도 그분들을 사랑한다. 한때, 사랑을 의심한 적도 있었지만, 지금은 그렇지 않다. 아이를 낳아서 키워본 사람들은 다 알 것이다. 부모가 자식을 사랑하지 않고 미워하는 것은 불가능하다는 것을. 그것은 본능을 거스르는 일이다.

문제는 사랑한다고 믿는 방식, 그 사랑을 표현하는 방식을 자식들이 받아들이지 못할 때 발생한다. 그리고 그 지점에서 사랑은 원망으로 바뀌기도 한다. 여기서 부모님께 죄송한 마음을 잠시 뒤로 하고, 내 부모님이 살아온 방식을 객관적인 시선으로 돌아보려고 한다. 굳이 그렇게 하려는 이유는 그 방식으로 인해 다른 가족들이 물질적, 정신적으로 큰 고통을 겪었기 때문이다. 그 방식이 옳았다면 우리 가족은 모두 행복했어야 했다.

나의 아버지는 성격이 무척 부드럽고 온화했다. 웬만해서는 화를 내는 법이 없고 선비처럼 어질었다. 가부장적인 다른 아버지들과는 달리 아이들을 예뻐했다. 내가 유치원생이었을 때 아버지는 내 손을 잡고 동네 구멍가게로 데리고 가서 군것질거리를 사서 가방에 잔뜩 넣어주셨다. 그러면 나는 가방만큼 부푼 마음으로 유치원에 달려가곤 했다. 아마 세상에서 가장 부자가 된 기분이었던 것 같다.

엄마가 살림을 외면하고 돈벌이에 몰두했을 때에는 도시락 반찬을 직접 만들어서 싸 주기도 했다. 물론 솜씨가 없고 소금만 많이 넣어서 나중에는 우리가 직접 하겠다며 아버지를 만류했다. 내가 고3 수험생일 때 살고 있던 반지하 빌라 근처에 귀뚜라미가 많았다. 시끄러워서 집중이 잘 안 된다고 하자 아버지는 밤마다 나를 위해 귀뚜라미를 잡으러 다녔다.

하지만 나와 형제들은 어느 순간부터 이런 아버지를 삐딱한 시선으로 보기 시작했다. 아버지는 우리가 알고 있는 사장님이 아니라 사실상의 백수였다. 평생에 걸쳐 남에게 금전적 사기를 당하고 할머니의 땅을 팔아 그 돈으로 살다가 나중에는 자신에게 사기를 친 사람들에게 푼돈을 돌려받아 생활했다. 그 사실을 알고부터는 매년 학교 가정환경 조사서에 아버지 직업을 어떻게 적어야 할지 곤혹스러웠다. 아버지는 가족에 대한 사랑은 있었지만, 본인 힘으로 가족을 먹여 살리려는 의지가 없었고 변화를 위한 노력을 전혀 하지 않았다. 따뜻함은 있었지만, 현실 인식이 없었다.

자신의 행동에 책임지지 않고 남에게 의지하는 태도. 나는 아버지의 가장 큰 문제가 바로 이것이라고 생각한다. 결혼할 때 나에게는 돈이 별로 없었다. 살고 있던 방의 보증금과 적금을 합치니 1,500만 원이 채 되지 않았다. 몇 년간 꾸준히 직장생활을 하고 별도로 아르바이트까지 하며 모은 돈치고는 힘이 빠질 정도로 적은 액수였다. 아버지는 내가 그 돈을 거의 다 집에 주고 결혼하기를 바라셨다. 하지만 아무리 간소하게 준비를 한다고 해도 그것은 불가능했다. 결국, 500만 원을 부모님 몫으로 떼어놓고 천만 원이 채 안 되는 돈으로 결혼 준비를 해야 했다.

딸들이 결혼한 후에도 아버지는 계속해서 사고를 쳤다. 사회활동을 하지 못하고 집에 누워있는 상황에서 아버지가 할 수 있는 일은 TV 보는 일밖에 없었다. 아버지는 TV 주식 프로그램을 보고 주식 계좌를 열어 주식을 사고팔았다. 엄마가 힘들게 일해서 모은 돈으로 주식거래를 하다가 어느덧 깡통계좌가 돼버렸다. 그러자 딸들에게 전화를 걸어 갚아달라고, 안 그러면 너희 엄마한테 죽는다며 호소했다. 전화를 받을 때마다 울화가 치밀었지만 어쩔 수 없었다. 결국, 동생과 내가 반씩 나누어 갚았다. 이런 일이 되풀이되면서 나는 아빠에 대한 애정과 원망 사이에서 심한 내적 갈등을 겪어야 했다. 어린 시절에 쌓아 올린 아버지에 대한 애정이 자꾸 흔들렸고 그것을 견디는 일은 상당히 힘들었다.

엄마는 성격이 차갑고 냉정했지만 독립적인 태도와 강한 정신력, 그리고 부단한 노력의 소유자였다. 생각해보니 두 분의 성격이 바뀌었더라면 우리 가족은 훨씬 더 행복했을 것 같다. 엄마의 냉정한 성격은 외할머니로부터 물려받은 것이었다. 외할머니는 몸이 약해서 본인 몸을 돌보는 것 외에는 아무것도 하지 않으셨다고 한다. 딸들이 집안 살림도 나눠서 하고 학교는 스스로 학비를 낼 수 있는 정도까지 다녔다고 한다. 그나마 막내딸인 나의 엄마가 가장 오래 학교에 다녔다.

어찌 보면 엄마도 외할머니로부터 배려를 전혀 받지 못하고 자란 셈이다. 엄마는 남들에게 높은 기준을 요구했다. 본인이 독립적으로, 강하게 살아왔기 때문에 남들도 그래야 한다고 생각했다. 자식들에게도 높은 잣대를 들이댔고 아이들의 여린 마음을 배려하지 않았다.

사실 배려란 자신이 보고 듣고 받은 대로 남에게 행하는 것이다, 받아보지 못한 배려를 베풀기는 어렵다. 학교 청소를 해서 번 돈으로 어렵게 고등학교를 마친 엄마의 시선에서 볼 때, 나와 나의 형제들은 그래도 좋은 환경에서 자라고 학교에 다닌 셈이었다.

엄마는 나로서는 감히 상상도 하지 못할 정도의 강한 정신력과 용기를 갖춘 사람이었다. 몇 년을 추운 겨울에 떨면서 노점상으로 번 돈을 남편이 전부 날렸을 때 어떤 심정이었을지, 남편이 쓰러졌을 때 굳이 화해한 이유는 무엇이었는지 생각해 보았다.

엄마는 아버지가 꼴도 보기 싫어서 각방을 쓰고 베란다에서 잠을 잤다. 입만 열면 '원수' 소리를 했다. 하지만 그러면서도 끝까지 집을 떠나지 않았다. 그 자체가 가족에 대한 엄마의 사랑 표현이었다. 아이들에게 매섭게 대하면서도 버리고 떠날 수 없었다. 잘해주고 안 잘해주고는 엄마에게 중요하지 않았다. 그냥 옆에 있어 주는 것이 엄마가 보여줄 수 있는 사랑의 방식이었다.

아버지도 마찬가지였다. 아이들이 가정환경에 만족하고 사는지, 아니면 열등감을 느끼고 정서적으로 결핍되어 있는지는 차후의 일이었다. 우선 아이들이 밥을 먹고 옷을 입고 학교에 가는 것이 중요했다. 그것으로 일차적인 책임은 다했다고 생각했을 것이다.

엄마는 그 사건 이후 한동안 폐인처럼 지내다가 결국 털고 일어났다. 처음에는 내가 건낸 돈으로 아동복을 소량으로 떼다 팔다가 나중에는 이모와 동업으로 가판점을 했다. 하지만 원래 사이가 좋지 않았던 이모와는 오래 함께할 수 없었다. 그 뒤로 주물 공장에서 일하다가 오빠가 취직한 다음부터는 살고 있던 동네에 문구점을 차렸다. 장사는 생각만큼 잘되지 않았다. 동네 꼬마들을 고객으로 유치하려고 이벤트도 하고 다양한 먹거리도 갖다 놓았지만 문구점 자체가 사양 산업이었다. 돈을 많이 벌지는 못했지만, 다행히 가게를 정리하면서 손해는 보지 않았다고 한다. 그리고 지금도 엄마는 누구보다 열심히 일하고 있다.

엄마는 일단 결심이 서면 뒤를 돌아보지 않았다. 과거에 대한 회한으로 몸져 눕고 다시 일어나지 못한다 하더라도 전혀 이상할 게 없는 상황이었다. 하지만 결국에는 툭툭 털고 일어났고 무슨 일이든 시작하면 온몸을 바쳐 열심히 했다. 경제에 대한 지식만 좀 더 있었더라면, 아니 자본이 조금만 더 있었더라면 엄마는 사업가로 충분히 성공할 수 있었을 것이다.

철이 들고 사회생활을 경험하면서 엄마에 대한 생각이 바뀌기 시작했다. 평생을 엄마처럼 산다는 것이 어떤 의미인지 알게 되면서 나는 퍼즐을 맞추듯 점점 엄마라는 사람을 이해하기 시작했다. 만약 내가 똑같은 상황에 부닥친다면 과연 엄마처럼 할 수 있을까? 이 질문에 자신 있게 '예'라고 대답할 수 없다. 엄마에 대한 내 감정을 배제한 상태에서, 객관적인 제삼자의 입장에서 나는 엄마의 삶에 대해 존경심을 갖게 되었다.

게다가 엄마가 겪은 신체적, 정신적 고통, 어렵게 번 돈을 써보지도 못하고 허무하게 잃어버린 데 대한 회한, 남편에 대한 배신감과 원망, 바닥을 모를 절망을 보면서 도저히 엄마를 미워할 수 없었다. 미움은 상대가 강할 때 가질 수 있는 감정이다. 이제는 나보다 훨씬 더 약해지고 나이든 부모를 미워할 수는 없다.

이렇게 나의 부모님은 인간으로서의 약점과 자식에 대한 사랑을 본인들의 삶을 통해 다 보여주었다. 어떤 점은 마음에 들고 어떤 점은 자랑스럽고 어떤 부분은 가끔 원망스럽기도 하다. 하지만 먼 길을 돌아온 지금의 나는 부모님을 통째로, 온전히 받아들인다. 어쩔 수 없다. 밥상에서 맛있는 반찬만 골라 먹듯이 부모님의 인생과 사랑을 취사선택할 수는 없다. 이제는, 아니 꽤 오래전부터 그분들의 방식대로 나를 사랑했음을 진심으로 믿는다. 비록 그 과정에서 내가 상처를 받았더라도. 그리고 나도 그분들을 진심으로 사랑한다.

위악을 부리지 말아요

엄마는 가족들을 지나치게 강하게 밀어붙였다. 사람의 변화를 이끌어내기 위해서는 강공과 회유, 공격과 수비를 적절히 구사해야 한다. 누군가의 마음을 움직이려면 내 마음이 서서히 스며들도록 애정을 가지고 지속해서 진심을 전달해야 한다. 그리고 변화된 마음이 행동으로 이어질 수 있도록 오랫동안 지켜봐 주고 격려해야 한다.

나의 엄마는 그것을 몰랐다. 아니, 알았더라도 그렇게 할 만한 참을성을 갖추지 못했다. 내가 기억하는 엄마는 아이들이 마음에 안 드는 행동을 하면 처음 몇 번은 하지 말라고 짧게 이야기하고 대충 넘기셨다. 붙잡아놓고 그렇게 하면 안 되는 이유를 설명해 주지 않았다. 그렇게 몇 번을 꾹꾹 참아 넘기다가 갑자기 무섭게 화를 냈다. 그럼 아이들은 얼어붙었다. 이 순간, 엄마가 왜 저렇게 화를 내는지에 대한 이유는 절대로 떠오르지 않는다. 그냥 폭풍이 지나가기를 숨죽이고 기다리듯, 엄마의 화가 사라질 때까지 벌벌 떨고 있을 뿐이었다.

이런 일이 몇 번 반복되면 이제 문제의 그 행동을 하는 순간, 아이들은 '저런 못된 놈, 나쁜 년, 싹수없는 것'이 되어 버린다. 행동에 대한 비난이 아니라 아이 자체를 '나쁜 아이'로 낙인찍는 것이다. 아마 그렇게 해야 화가 누그러지기 때문일 것이다. 어떤 경우에는 엄마 본인이 화를 못 이겨서 혼자 펄펄 뛰거나 빗자루를 들고 아이들을 쥐 잡듯 때렸다.

엄마는 감정을 다스리지 못했다. 화를 다루는 방법을 몰랐다. 일단 화가 나면 나중에 후회할 말을 미친 듯이 퍼부어댔다. 예를 들어, 육아 문제로 나와 의견 다툼이 심하게 나면 '네 딸이 얼마나 잘되는지 두 눈 똑똑히 뜨고 지켜보겠다'라는 말을 아무렇지도 않게 했다. 속이 풀릴 때까지 악담을 쏟아냈다. 이렇게 모든 것을 배출한 후에 제풀에 지쳐서 비로소 평온을 되찾았다. 본인이 무슨 말을 했는지 거의 기억하지 못했다.

엄마의 진심은 아이들이 문제 행동을 하지 않고 더 좋은 방향으로 자라기를 바라는 마음이었을 것이다. 우리도 어렴풋이 그렇게 생각하기는 했다. 하지만 우리는 엄마의 바람과 완전히 반대되는 방향으로 가곤 했다. 나는 손톱 뜯는 버릇을 고치지 못했고 오빠는 계속해서 밤에 불을 켜놓고 잤다. 나의 아버지는 계속 담배를 피웠고 친구들과 밤늦게까지 고스톱을 쳤다.

이렇게 맹공을 퍼부었는데도 상대방이 변하지 않으면 충격요법을 사용했다. 아빠와 말다툼을 하면 엄마는 일단 말을 하지 않았다. 남편뿐 아니라 아이들과도 말을 하지 않았다. 입을 꾹 다물고 방에 틀어박혀서 시간을 보냈다. 여기서도 항복하지 않으면 밥상을 차리지 않았다. 상대방이 백기 투항할 때까지 철저하게 응징하는 것이다.

문제는 사람이 마음을 먹는다고 해서 행동이 쉽게 바뀌지 않는다는 사실이다. 잘못했다고 앞으로 안 그러겠다고 싹싹 빌고 화해를 하더라도 며칠, 아니 몇 주 뒤에는 예전으로 돌아가기 마련이다. 그러면 엄마는 '위선자', '거짓말쟁이'로 아버지를 몰고 갔다. 의지가 약해서 그런 것일 뿐인데 엄마는 평범한 사람들의 의지박약을 이해하지 못했다. 본인이 엄청난 의지의 소유자이기 때문일 것이다. 본인의 눈높이에서 상대방에게도 높은 기준을 요구했고 그 기준에 부합하지 못하면 상대방을 '가치 없는 인간', '희망이 없는 인간'으로 만들어버렸다.

지금 생각하면 너무 안타깝다. 물론 아버지의 무책임함은 쉽게 고쳐지지 않았을 것이다. 천성은 쉽게 바뀌지 않는다. 하지만 강공 일변도를 버리고 조금만 더 여유를 가지고 아버지의 변화를 서서히 끌어내기 위해 노력했으면 어땠을까? 충격요법만 쓰지 말고 조금씩 변화할 수 있도록 설득하고 용기를 주고 믿음을 보여줬으면 어땠을까? 배우자의 간절함이 그 긴 세월 동안 아버지를 조금은 바꾸어놓지 않았을까?

엄마는 아버지를 포기해버렸다. 그리고 남편에 대한 실망감은 아이들에게도 이어졌다. 엄마는 아이들에게도 기대하지 말아야 한다고 생각했다. "부모 복 없는 년이 남편 복, 자식 복도 없다"는 말을 입에 달고 살았다. 말이 씨가 된다고 좋은 말을 해야 좋은 일도 일어나는 법인데, 엄마는 마치 그런 상황을 바라기나 하는 것처럼 부정적인 말을 반복적으로 내뱉었다.

나는 이것이 '위악'이라고 생각한다. 엄마가 진심으로 그런 결과를 바란 것은 아니다. 그저 실망할까 봐, 실망하는 자신을 볼까 봐 두려웠을 것이다. 그래서 나쁜 결과를 미리 선언하는 것이다. 그렇게 하면 적어도 실망하지는 않으니까. 상처받을까 봐 미리 방어막을 치는 것이다. 우리가 어떤 실수를 하면 엄마는 "또 저럴 줄 알았지"라고 말하며 혀를 찼다. 그런 엄마에게서는 아이들에 대한 애정이 느껴지지 않았다. 애정에서 나온 관심과 비판인데도 당사자는 전혀 그렇게 느낄 수 없었다. 전혀 관계가 없는 제삼자, 아니 적으로부터 심판을 받는 느낌이었다.

엄마의 위악은 계속됐다. 엄마는 뻔뻔한 사람이 아니었다. 아이들에 대한 돌봄 의무를 저버리고 있음을 스스로 잘 알고 있었다. 나중에 아이들로부터 효도를 받거나 대접을 받지 못할 거라고 스스로 단정 짓고 아이들에 대한 무관심을 자신에게 세뇌했다. 그것은 엄마의 결의였다. 부질없는 희망을 품지 말고 오로지 본인에게만 집중하고 스스로 살길을 찾겠다는 굳은 결의. 아니면 아버지에게 했던 것처럼, 아이들에게도 정신 차리라는 의도에서 충격요법을 구사하는 것일 수도 있었다.

엄마는 나중에 자식들에 대한 서운함을 토로했다. 몇 달 동안 베란다에 이불을 깔고 누워서 침묵시위를 벌일 때, 우리 형제들은 아무도 엄마에게 다가가 괜찮으냐고 안부를 묻지 못했다. 나도 추운데 왜 그러고 있냐고, 어서 집안으로 들어오라고 말하고 싶었다. 하지만 무서워서 차마 발걸음이 떨어지지 않았다. 엄마가 빽 소리를 지르고 저리 꺼지라고 말할 것 같았다.

엄마는 아이들에 대한 지식이 없었다. 아이들은 자신의 행복을 먼저 생각하는 이기주의자다. 무서운 경험은 피하고 기분 좋은 경험을 추구하려는 것은 아이들의 당연한 본능이다. 만약 본인의 욕구를 억누르고 부모의 욕망에 부응하려는 아이가 있다면 마음이 건강하지 못할 가능성이 높다. 이 경우, 억압되었던 자아가 나중에 폭력적인 성향으로 발전하거나 성인이 되어도 위축된 인생을 살게 될 수 있다.

엄마가 개미처럼 한 푼도 쓰지 않고 돈을 악착같이 모은 이유는 입버릇처럼 말한 대로 본인 살길을 찾기 위해서가 아니라 가족의 행복을 위해서였을 것이다. 엄마는 입에 발린 말보다 그것이 진짜 사랑이라고 생각했을 것이다. 아이들의 단점만 지적하고 일종의 언어적, 정서적 폭력을 가한 것은 엄마의 잘못이지만, 그 본심은 아이들에 대한 사랑에 있었다는 것을 나중에 알았다.

외할머니의 양육 태도도 문제였다. 어찌 보면 방치되어 혼자 큰 엄마는 그 양육 태도를 대물림했다. '나는 이렇게 컸는데 뭘'하면서 자신을 정당화했다. 그리고 아이들, 특히 나와 오빠는 엄마로부터 위악을 배웠다. 우리는 엄마의 말대로 '이기적이고 자기밖에 모르는' 사람이 되어갔다. 내가 보기에 세상에서 가장 이기적인 사람은 엄마였는데 그런 엄마가 매일 이기적이며 못됐다고 나를 비난했다. 그래서 나는 기를 쓰고 더 이기적인 사람이 되었다. 엄마에게 굽히고 싶지 않았다. '그래, 당신이 그걸 싫어하니까 더 이기적인 사람이 되어주겠다'고 생각했는지도 모른다. 나중에 육아책을 읽어보니 부모가 아이들의 어떤 성향을 비판하면 비판할수록 그런 성향은 더욱 강해진다고 한다.

나에게 이기심은 집에서, 엄마의 폭언에서 자신을 보호하는 무기였고 정당방어였다. 나 역시 반항심에서 엄마에게 위악을 부렸다. 그런 내가 싫었다. 하지만 밖에서도 그런 말을 듣고 싶지는 않았다. 사람들이 나의 본 모습을 알게 되면 모두 싫어하고 나를 떠날 거라고 생각했다. 그래서 철저하게 자신을 감췄고 사람들에게 일정 거리를 두고 본심을 드러내지 않았다. 막연히 그게 최선이라고 생각했던 것 같다.

사랑하는 가족에게 위악을 부리지 않았으면 좋겠다. 사랑을 표현해도 나약해지거나 버릇이 나빠지지 않는다. 그저 지켜봐 주고 위로해주고 용기를 주었으면 좋겠다. 지금은 엄마에게 너무나 감사한다. 떠나지 않고 우리 곁에 머물러 준 것. 그것이 큰 사랑의 증거라는 것을 안다. 이제는 인간으로서 엄마의 한계를 인정하고 엄마로서 보여준 사랑에 감사한다.

자식을 사랑하지 않는 부모는 없다. 사랑의 방식이 다르고 정도의 차이만 있을 뿐이다. 어른이 되어 부모의 한계를 인정하니 마음이 편해졌다. 안타까운 것은 엄마 스스로 위악을 부려서 그 사랑을 느끼지 못하게 만들었다는 것이다. 이제 엄마가 된 나는 이렇게 말하고 싶다. '훈육보다는 사랑이 먼저다. 사랑을 표현하자.'

새로운 삶에 도전하다

가장 힘들었을 때 엄마로부터 받은 위로는 나에게 큰 힘이 됐다. 지금 생각하면 조금 부끄럽기도 하다. 서른이 다 된 나이에 엄마 사랑에 고파서 징징대는 어린애처럼 굴었던 것 같다. 특별히 다정하게 대해준 것도 아니고 따뜻한 말을 해 준 것도 아니다. 그냥 내 옆에 며칠 동안 머물며 마치 남 이야기하듯 본인의 살아온 이야기를 간간이 들려주었을 뿐이다. 그런데도 이상하게 위로가 됐다. 마음이 편해지고 몸살에 걸렸을 때 링거 주사를 맞은 듯 나른해졌다.

아마 엄마가 와 주지 않았더라도 나는 다시 기운을 차릴 수 있었을 것이다. 아빠보다는 엄마의 유전자를 더 많이 물려받은 나는 생각보다 강했다. 남에게 잘 털어놓지는 않지만 속으로 고민을 꾹꾹 눌러서 나름의 방식으로 소화해내곤 했다. L 언니의 위로만으로도 나를 일으켜 세울 수 있었을 것이다. 다만 시간은 조금 더 걸렸을 것 같다.

나는 오랜 방황과 무기력에 종지부를 찍고 앞으로 나아가기로 했다. 지금까지는 과거의 슬픈 기억 때문에 행복한 순간도 충분히 즐기지 못했다. 누가 뭐라고 하는 것도 아닌데 스스로가 자신을 놓아주지 않았다. 결과가 불확실한 도전 앞에서는 자꾸 위축됐다. 까짓것 그냥 해 보고 실패하면 결과를 받아들이거나 다른 방법을 생각해보면 될 일이었다. 하지만 나도 엄마처럼 실망할까 봐 핑계를 대고 가능성을 스스로 제한했다.

나는 이제 불확실한 미래를 걱정하지 않기로 했다. 걱정은 나의 오랜 동반자였지만 이제 이별하고 싶었다. 내 인생에서 무엇이 오든 담담하고 용기 있게 맞이하고 싶었다. 딱 오늘 하루만 생각하며 현재를 충실하게 보내고 싶었다.

'내부로부터의 혁명'에서는 나의 이야기를 들어주고 공감해주는 가족을 만들라고 조언했다. 태어날 때부터 주어진 가족, 즉 생물학적 가족에서 사랑과 위로를 받는 것이 불가능하다면 독이 되는 지난 환경에 미련을 갖지 말고 새 환경을 찾아 떠나라는 것이다.

그것은 같은 아픔을 지닌 사람들의 치료 그룹일 수도 있고 같은 취미를 가진 사람들끼리의 모임일 수도 있다. 어찌 보면 자신을 변화시키는 가장 좋은 방법은 환경을 바꾸는 것이다. 전에는 나에게 주어진 환경과 나의 의지 부족을 탓했지만, 앞으로는 아무도 탓하지 않고 내 힘으로 원하는 것들을 쟁취하기로 마음먹었다.

일단 이사를 했다. 전에 살던 곳은 동생과의 추억이 너무 많이 남아 있는 공간이었다. 완전히 새로운 곳으로 이사를 하면 새로 시작하는 데 도움이 될 것 같았다. 그리고 운동을 시작했다. 나는 그때 오랜만에 만난 사람들이 깜짝 놀랄 정도로 살이 많이 빠진 상태였다. 원래 운동을 싫어하는 성격이었지만 규칙적으로 산책을 했다. 시간을 정해 놓고 매일 동네를 걸어 다녔다. 사람들의 다양하면서도 비슷한 모습을 보면서 실체 없는 불안과 복잡한 생각을 머릿속에서 지워버리려고 애썼다.

심리적 충격으로 인한 공황 상태였기 때문에 쉽게 회복될 줄 알았지만 그렇지는 않았다. 밥도 잘 먹히지 않았고 몸에 힘이 돌아오는 데 시간이 한참 걸렸다. 거의 1년이 지나서야 완전한 몸 상태로 돌아올 수 있었던 것 같다. 그 후 가끔 유명 연예인이 공황장애로 활동을 중단한다는 소식을 듣게 됐다. 어떤 사람들은 무슨 그런 이유로 생업을 중단하느냐며 배가 불렀다는 등 삐딱한 시선으로 보지만 나는 그들을 충분히 이해한다. 공황 상태에 빠지면 마음과 몸을 마음대로 통제할 수 없다. 일상생활을 하는 것만도 벅찬데 치열한 사회생활은 엄두가 나지 않는 것이다.

그동안 나는 남자에 대해 매우 부정적인 시선을 갖고 있었다. 나에게 남자는 딱 두 가지 종류로 압축됐다. 아버지처럼 무능하면서 큰소리만 치는 허세주의자거나 오빠처럼 제왕적이고 폭력적인 사람들. 나는 대학을 졸업할 때까지 남자친구를 사귀고 싶다고 생각한 적이 단 한 번도 없었다. 사회생활을 하면서 그 생각이 많이 바뀌기는 했지만, 여전히 남자라는 사람들에 대해 경멸 내지는 두려움을 갖고 있었다.

선택해야 했다. 계속 혼자 사는 생활을 택하거나 마음에 맞는 사람을 만나서 내 가정을 만들어보거나. 동생이 내 옆에 계속 있었다면 나는 이 선택을 영원히 유예했을지도 모른다. 하지만 그때의 나는 서른을 앞두고 있어서인지 본능적인 외로움을 많이 느꼈다. 서른이 되기 전에 새로운 시도를 해보고 싶었다. 실패하면 그때 다시 혼자만의 생활로 돌아가면 된다고 생각했다.

그때부터 많은 남자를 만났다. 주변에 아는 사람들에게 소개팅을 주선해 달라고 부탁했다. L 언니가 특히 적극적으로 남자들을 소개해 주었고 나는 다른 여자들처럼 최대한 예쁘게 차려입고 주말마다 남자들을 만났다. 너무나도 어색했지만 한 번, 두 번 경험이 늘어나면서 그렇게 불편하지만은 않았다. 이번엔 어떤 사람을 만나게 될지 기대될 때도 있었다. 두 사람 다 서로에 관해 관심이 없는 경우가 가장 많았고 어떨 때는 나는 어느 정도 관심이 있는데 상대방은 그렇지 않은 경우가 있었다. 그 반대의 경우도 물론 있었다.

나중에는 꼭 남자친구를 만들어야겠다는 생각보다는 새로운 사람을 알게 된다는 사실에 재미를 느꼈다. 서른을 1년 앞둔 그때, 정말 많은 사람들을 만난 것 같다. 나중에는 그런 형식적인 만남에 지쳐서 더는 소개팅을 하지 않았다. 그런데 정말 이상하게도 주변의 남자들과 엮일 일들이 생겼다. 왜 하필 그 시기에 그랬는지 그때는 이해할 수 없었다. 지금 생각해보면 아프기 전의 나는 표정과 태도에서부터 외부로부터의 모든 가능성을 차단하지 않았을까 싶다. 외부에 관심이 없었고 나를 절대로 오픈하지 않았다. 그러니 존재감 자체가 전혀 없지 않았을까.

사람은 마치 빛을 향해 돌진하는 나방처럼 자신도 모르게 빛나는 사람들에게 끌린다. 어둡고 칙칙한 사람들은 당연히 피하고 싶을 것이다. 아니면 간절히 원하면 온 우주가 응원한다더니, 소울메이트를 찾고 싶다는 내 안의 열망이 우주의 에너지를 끌어당겼던 것일까? 모를 일이다. 어쨌든 중요한 것은 이 모든 일이 내가 남자를 만나겠다고 결심한 이후에 일어났다는 것이다. 뭐든 시작하고 행동해야 변화가 생긴다는 것만은 분명하다.

나는 서른이 되기 전에 지금까지 못 해 본 일, 안 해 본 일을 다 해 볼 생각이었다. 일단 귀를 뚫었고 원피스를 처음 입어봤다. 어느 날 미친 척하고 프릴 달린 하얀 원피스를 입고 출근한 나를 보고 친구들은 핑클 옷을 입었다고 놀려댔다. 또 어느 날은 꽉 끼는 분홍색 바지를 입고 회사에 가기도 했다. 평소에는 돈

쓰는 것을 아까워했지만 이때만큼은 아끼지 않고 나를 위해 돈을 썼다. 마음이 아파서 언제 죽을지도 모르는 게 인생인데 돈의 노예가 되고 싶지는 않았다.

그 당시는 인터넷이 보급되기 전이라서 PC 통신이 유행했었다. PC 통신에서 마음에 드는 동호회를 두세 개 가입했다. 그중의 하나가 독서토론 동호회였고 그곳에서 나오는 전혀 다른 세계에 속한 흥미로운 사람들을 많이 만날 수 있었다. 광주에서 고물상을 하시는 철학자다운 풍모의 50대 남자분이 리더였고 무명 시인도 있었다.

어느 날 그 모임에서 어떤 여성 작가의 책에 관해 토론을 하게 됐다. 각자의 느낌을 이야기하는데 남자들이 많아서인지 대체로 비판 일색이었다. '과거에 대한 회한, 후회, 미련 같은 것들을 끊임없이 재생산하는 작가' 같은 말들이 오고 갔는데 내 차례가 되어 느낀 점을 이야기했다. 무슨 이야기를 했는지는 정확하게 기억하지 않는다.

그날 밤 메일함을 열어보니 어떤 사람에게서 편지가 와 있었다. 내용은 조금 황당했다. '오늘 모임에서 누나가 제일 맘에 들었다. 뭔가 끌림이 있다. 만나고 싶다'라는 내용이었다. 그런데 막상 나는 그 사람이 무슨 말을 했는지도 생각나지 않았다. 대학생이었던 것 같은데 얼굴, 아니 실루엣만 어렴풋이 기억나는 정도였다. 그래도 궁금하기는 했다.

다음 토론이 있던 날 우리는 약속을 정하고 조금 일찍 만났다. 내가 좋아하는 느낌을 가진 학생이었다. 나는 오빠에게 질려서인지 자신감 넘치는 스타일보다는 나서지 않고 조용한 태도를 가진 남자를 더 좋아한다. 우리는 대학로 벤치에 앉아 비둘기들에게 먹이를 주면서 대화를 나누었다. 외롭게 자란 학생이었다. 형제도 없고 부모님은 바쁘고 외로울 때는 혼자 어떤 여가수의 노래를 듣는다고 했다. 그 가수에 대한 느낌을 이야기하는데 찌르르 전기가 통하는 것 같았다. 내가 그녀의 노래를 좋아하는 바로 그 지점을 정확하게 가리키고 있었다.

그 학생은 내가 만나본 남자 중에서 가장 내 타입이었고 첫눈에 끌린 대상이었다. 영화나 소설 속에서 내가 좋아하던 인물과 비슷했고 취향도 여러모로 닮아 있었다. 조금 고민하다가 친한 언니에게 그 이야기를 했다. 언니는 처음엔 난색을 보이더니 나중에는 "한번 사귀어 봐. 후회가 남지 않게."라고 했다. 계절이 두 번 바뀌는 동안 우리는 몇 번 편지를 주고받고 몇 번을 더 만났다. 하지만 거기까지였다. 더 깊이 알고 싶거나 사귀고 싶지 않았다. 상상 속의 이상형과 현실의 이상형은 달랐다.

나는 또 어떤 록 가수의 팬클럽에 가입했다. 지금의 나를 아는 사람들이 들으면 놀라겠지만 나는 그 가수의 콘서트에 가서 헤드뱅잉을 하고 미친 듯이 소리를 질렀다. 거칠 것 없는 자유로움과 짜릿한 해방감을 느꼈다. 그리고 그 팬클럽과 콘서트를 계기로 지금의 남편을 만났다. 가을을 하루 앞둔 어느 늦여름의 일이었다.

남편과의 만남

앞서도 말했지만, 당시 나는 남자들을 많이 만나고 있었다. 되도록 많은 사람을 만나보겠다고 생각하고 있었기 때문에 남편과도 가볍게 만났다. 처음에는 그다지 큰 인상을 받지 못했다. 나는 또래 여자들보다 키가 좀 큰 편인데 남편은 체구가 작은 편이었다. 남편을 알기 전에 만난 사람은 190cm의 거구였다. 그 극명한 차이에 조금 웃음이 나기도 했다.

어느 정도 나이가 차서 갖게 되는 만남은 오래 지속하든가 아니면 즉시 중단되든가 둘 중 하나다. 마음에 들지 않으면 어느 한쪽에서 연락하지 않으니 관계가 지속될 수 없다. 그런데 남편과의 만남은 그렇지 않았다. 누군가의 소개를 받고 만나는 것이 아니었기 때문에 부담 없이 메일이나 문자로 서로의 안부를 주고받고 같이 콘서트에 갔다. 나는 솔직히 이성과 만나고 있다는 생각을 하지 않고 편한 친구로 생각했다.

남편은 내가 만나 본 다른 남자들과 조금 달랐다. 나도 마찬가지였지만, 사회 경험이 어느 정도 있는 서른 전후의 남자들은 이성을 만날 때 어느 정도 거리감을 두고 상대를 관찰하곤 했다. 그런데 남편은 달랐다. 나와의 만남을 무척 소중하게 생각한다는 느낌을 받았다. 마치 첫사랑에 빠진 사춘기 소년처럼 같이 있는 시간 동안 나에게 모든 정성을 쏟았다. 내 시선이나 손 움직임, 사소한 동작 하나하나에도 집중했고 내가 별 의미 없는 말을 하더라도 열심히 들었다.

내가 얼마 전까지 굉장히 우울했고 혼자 있을 때 여전히 불안감을 느낀다는 말을 하자 그날부터 아침, 저녁으로 전화를 했다. 아침에는 활기찬 목소리로 잠을 깨워주었고 일하는 동안에는 희망찬 메시지가 담긴 글을 보내주었다. 자기 전에도 전화로 편안한 이야기를 들려주었다. 어떻게 하면 나를 기쁘게 할 수 있을까 온종일 연구하는 느낌이었다. 남편과 함께 있으면 기분이 좋았다. 내가 가치 있고 귀한 존재가 된 것 같았다.

남편은 무엇보다도 성격이 무척 밝고 긍정적이었다. 나중에 알고 보니 집안 분위기 자체가 그랬다. 다들 유머를 좋아하고 느긋한 성격이었다. 이질감이 느껴질 법도 했다. 하지만 남편과 나는 매우 다르면서도 비슷한 점을 한 가지 공유하고 있었다. 그것은 부성애와 모성애 중 어느 한쪽에 대한 결핍이었다.

남편의 아버지는 원양어선의 항해사로 일 년 중 집에 있는 날이 많지 않았다. 그런데 거친 바다 생활에 지쳐 집에 있을 때는 늘 술을 드셨다고 한다. 남편이 아버지에 대해 가진 기억은 술을 마시고 주정을 부리는 모습밖에 없었다. 그렇게 몸을 혹사하다가 병을 얻어 힘들게 모든 재산도 다 탕진하고 지금은 집에 누워 계시다고 했다.

충분히 우울하고 위축될 수 있는 상황이었다. 그런 상황에서도 누구보다 밝은 남편이 이상하게 보이기도 했다. 남편은 본인의 어머니 이야기를 자주 했다. 아버지를 대신해서 어머니와 씨름도 하고 야구 경기도 같이 보았다고 했다. 아이들을 그늘 없이 키우기 위해 어머니가 집안 분위기를 밝게 만들려고 많이 노력했다고 한다. 남편은 본인에게 약점이 될 만한 이야기도 서슴없이 했다. 어렸을 때 몸이 너무 약해서 병원을 밥 먹듯이 드나들었다고 한다. 그런데 어머니가 약한 아들을 위해 바닷가 근처로 이사한 후로는 몰라보게 건강해졌다고 했다.

남편은 어린 시절 아버지에 대한 기억이 없었고 나는 물리적으로는 같이 있었지만 사실상 엄마가 없는 셈이었다. 그 사실이 우리 사이의 이질감을 덜어주었다. 남편이 늘 존경한다고 말하는 어머니에 대한 호기심도 살짝 생겼다. 어찌 보면 남편은 내가 만나본 사람 중에서 가정 형편이 가장 좋지 않았다. 그렇지만 내가 찾고 있었던 '소울메이트'와 가장 가깝기도 했다. 우리는 어떠한 이야기도 편하게 할 수 있었고 남편과 대화하는 것이 늘 즐거웠다. 남편은 정치적 성향 외에는 모든 면에서 긍정적이고 건강한 마인드를 갖고 있었다.

사실 우리가 결혼하기에 좋은 조건은 아니었다. 둘 다 집안 경제 사정이 좋지 않았고(남편이 나보다는 훨씬 나았지만) 아버지가 아픈 상태였다. 게다가 두 사람 다 부모님에 대한 부양의 의무에서 자유롭지 못했다. 우리는 결혼 후에도 상당한 기간 동안 부모님을 부양해야 했다. 부모님은 내 이야기를 듣고 마뜩찮아 했다. 하지만 L 언니는 달랐다. 나에게 딱 맞는 사람이라며 '사람만 보라'고 했다.

곰곰이 생각해 보았다. 나에게 필요한 것이 무엇인지, 내가 무엇을 찾고 싶은 것인지. 나는 평생 함께 살 수 있는 친구, 즉 '소울메이트'를 원했다. 경제력은 내가 채울 수 있었다. 사회성은 부족했지만 내 능력에 대한 자신감은 있었다. 물론 살짝 못 미더워서 끝까지 남편을 시험하기는 했다. 결혼 준비를 하는 과정에서 일방적으로 나에게 유리한 요구를 하거나 상식적이지 않은 고집을 부렸다. 조금이라도 마음에 들지 않으면 결혼을 안 할 생각이었다. 못되고 이기적인 생각이라는 것을 잘 안다. 하지만 다행히도 남편은 이 시험을 무사히 통과했다.

이렇게 해서 나는 결혼이라는 것을 했다. 우리는 둘 다 좋은 대학교를 졸업하고 좋은 직장을 다니고 있었다. 하지만 집안은 별 볼 일 없고 부모 부양에 대한 부담감을 안고 있는 가난한 젊은이였다. 결혼을 준비하는 과정은 생각보다 힘들었다. 돈이 없어서 별로 산 것도 없는데 아직 준비 못 한 것들이 너무 많았다. 다른 집들은 엄마가 그 일을 대신해 주지만 내 경우에는 하나부터 열까지 모든 것을 내가 알아서 해야 했다. 아파서 휴가를 너무 많이 썼기 때문에 더는 휴가를 내기 어려웠다. 퇴근 후에 혼자, 또는 남편과 함께 이것저것 알아보러 다니느라고 결혼식 전날 이미 녹초가 되어 있었다. 너무 피곤해서 신혼여행도 짧게 다녀왔다.

우리의 신혼집은 17평 빌라였다. 짧은 여행을 마치고 신혼집에 도착했다. 침실 문을 열어보니 침대 위에 색종이로 만든 조그만 꽃바구니가 놓여 있었다. 우리가 여행 간 사이 엄마가 신혼집 청소를 하고 놓고 간 것이었다. 누가 버린 것인데 깨끗해서 가져왔다고 했다. 엄마는 역시 천하의 자린고비였고 지나치게 솔직했다. 그냥 돈 주고 샀다고 했으면 내 기분이 더 좋았을 텐데. 엄마는 상대방의 기분을 생각해서 입에 발린 말을 하는 성격이 절대 아니었다. 엄마한테 받은 유일한 결혼 선물이 남이 버린 종이꽃이었지만 기분이 나쁘지는 않았다.

신혼여행을 짧게 갔다 왔기 때문에 양가에 인사를 갔다 와서도 3일이라는 시간이 남았다. 그 동안 우리는 동네 마트에서 필요한 물건들을 하나씩 샀다. 유리컵 하나, 머그잔 하나를 무슨 가구 고르듯이 신중하게 골랐다. 마치 소꿉놀이를 하는 기분이었다. 재미있었다.

지금도 그렇지만 남편은 음악을 아주 많이 좋아하는 사람이었다. 늘 기타를 쳤고 노래를 불렀다. 음악 없는 인생은 상상할 수 없다고 했다. 나는 책이 없는 인생을 상상할 수 없는데 나와는 매우 달랐다. 남편은 대학에 입학할 때까지 교과서 외에는 책을 단 한 권도 읽지 않았다고 했다. 대학에 들어간 후에 오히려 감상적인 소설책들을 많이 읽게 되었다고 한다. 딱딱한 역사책, 위인전을 많이 읽은 나와는 전혀 달랐다.

그리고 보면 우리는 부모님과 가정환경 외에는 공통점이 전혀 없었다. 나는 이성적이었고 남편은 감성적이었다. 남편은 화장실에 있는 문구 하나에도 울컥하고 감동적인 스토리를 보고 나서 혼자 펑펑 우는 사람이었다. 나는 비딱하고 권위에 부정적인데 남편은 전형적인 모범생이었다. 초등학교 때부터 반장을 도맡아 했다고 한다. 나는 내성적이고 남편은 외향적, 사교적이었다.

하지만 묘하게도 우리는 서로에게 부족한 것을 채워줄 수 있었다. 남편은 일을 열심히 하지만 기본적으로 현재를 즐기는 쾌락주의자였고 나는 미래를 위해 현재를 희생하는데 익숙한 사람이었다. 나는 남편에게 부족한 강한 성취동기와 의지를 갖고 있었고 남편은 나에게 안정감과 유머, 현재에 충실한 삶을 보여주었다. 어쨌든 성격적으로 잘 맞았다.

순전히 우연이었지만 서로를 보완해줄 수 있는 파트너를 만난 셈이었다. 사람은 자신과 비슷한 사람에게 끌리기 마련이다. 편하고 익숙하기 때문이다. 나도 한때는 그랬다. 하지만 지금은 생각이 다르다. 이제는 본인에게 위로가 되고 서로의 단점을 채워줄 수 있는 사람을 만나라고 조언하는 편이다. 남녀 간의 사랑을 공식처럼 규정할 수는 없다. 하지만 나와 주변 사람들의 경험을 종합해 볼 때, 취미와 가치관은 비슷하지만 성격은 보완해줄 수 있는 사람을 만나는 게 좋지 않을까 하는 생각을 해 본다.

가족의 탄생

나는 이미 무조건 긍정적으로, 적극적으로 살기로 마음먹은 상태였다. 하지만 남편이라는 공식적이고 완벽한 내 편이 생긴 이후에는 정말이지 세상에 무서울 것이 없었다. 아마도 내가 그토록 오랫동안 갈망해왔던 대상은 마음을 나눌 수 있고, 조건 없이 나를 지지해주는 가족이었던 것 같다.

남편과 나는 소처럼 일하고 개미처럼 저축했다. 이보다 더 적당한 표현은 없을 것이다. 시아버지가 아프고 시어머니는 경제적 능력이 없었기 때문에 우리가 생활비를 보조해야 했다. 매달 상당한 금액이 시댁으로 들어갔지만, 경제적 기반을 만드는데 그 돈이 문제 되지 않을 만큼 우리는 열심히 일했고 열심히 저축했다.

그때 나는 3년간 몸담았고 나에게 소중한 친구들을 선물로 주었던 벤처기업을 나와 대기업 언론사에서 새로 시작한 잡지사에 들어갔다. 기존에 내가 하던 일은 기자는 아니었지만 유사한 부분이 많았다. 또 새 직장에서는 영어 능력이 절대적으로 필요했다. 경력을 다 인정받아서 지금 가치로 환산하면 상당한 액수의 연봉을 받았다. 남편도 연봉이 높은 편이었다.

우리는 정말 개미처럼 알뜰살뜰하게 살았다. 주말에는 근교의 경치 좋은 곳에 여기저기 놀러 다녔다. 아침고요수목원, 유명산 산림욕장, 오대산, 설악산, 봉평 허브나라, 정동진 등 주로 자연을 찾았다. 돈이 많이 안 드는 곳을 찾아다녔지만 그래도 충분히 좋았다. 좋아하는 사람과 자연에서 한가로운 시간을 보내는 것만큼 즐거운 일이 또 있을까? 세상 누구도 부럽지 않았다. 소비를 철저히 절제했지만 초라하다고 생각한 적은 한 번도 없었다. 둘이 있는 것만으로도 충분히 행복했다.

2년이 채 못 되어 내 집 마련에 성공했다. 다행히 오빠가 공기업에 취직해서 친정은 보조하지 않아도 되는 상황이었다. 고시 공부를 포기하고 갓 취직한 오빠에게 조금 미안했지만 나도 그동안 힘든 시간을 보냈으므로 잠시 오빠에게 책임을 맡기기로 했다. 어쨌든 한 집안에서 적어도 한 사람은 부모님의 생활비를 보조해야 했다.

경기도 택지지구의 2년 된 24평 아파트. 우리 힘으로 산 첫 집이었다. 대출이 20% 정도 있었지만 누가 뭐래도 공식적인 우리 재산이었다. 그 집을 계약한 날, 우리는 서로를 끌어안고 기쁨을 만끽했다. 세상을 다 가진 느낌이었다. 물론 그 이후로 10년이 훌쩍 지난 지금은 재산이 훨씬 더 많아졌다. 하지만 우리가 처음으로 마련한 아파트의 열쇠를 받아들고 그 집에 처음 발을 들여놓았을 때의 그 기분은 평생 잊지 못할 것 같다. 내 집 마련을 한 경험이 있는 사람들이라면 누구나 공감할 것이다.

그 집에서 우리는 딸을 낳고 두 돌까지 키웠다. 지금도 가끔 차를 타고 그 근처를 지나칠 때가 있다. 한때 우리의 스위트홈이었던 아파트를 지나칠 때마다 남편과 나는 눈물이 글썽해진다. 그 집을 똑바로 바라볼 수 없을 정도로. 그 안에서 우리가 함께 나누었던 행복한 추억이 생각나고 왠지 집에 미안한 마음이 들기 때문이다. 더 큰 집으로 이사를 갔는데도 첫 집에 대한 애정은 계속 남는 것 같다.

우리는 결혼 이후 지금까지 양가에 경제적 지원을 하고 있다. 나의 아버지는 돌아가시기 전 몇 년 동안 요양원 생활을 해야 했다. 또 시어머니의 암수술비, 병원비로도 상당한 돈이 지출됐다. 하지만 우리의 소득과 자산이 늘어나면서 부담은 점점 줄어들었다. 돌이켜 보면 우리가 경제적 기반을 마련하는 데 부모님에 대한 부양 의무가 걸림돌이 되지는 않았던 것 같다.

나는 결혼할 때 그동안 갖고 있었던 물건들을 다 버렸다. 특히 그동안 힘들 때마다 의지했던 책과 괴로움으로 얼룩진 일기장은 1순위 정리 대상이었다. 지금 생각하면 약간 아쉽다. 그동안 엄마를 원망하고 불운한 환경을 탓하며 엄청난 양의 일기를 썼었는데! 그냥 두었다면 가끔 꺼내보면서 과거를 잠깐 추억할 수도 있을 텐데. 하지만 그때 내 결심은 단호했다. 지금까지의 나를 모두 버리고 새롭게 태어나고 싶었다. 다시는 뒤를 돌아보고 싶지 않았다.

대학생으로서 집에서 처음 독립했을 때와는 각오가 달랐다. 그때의 독립은 과거와의 단절이었다. 반면에 결혼 이후의 독립은 나의 잘못까지 포함해서 모든 과거를 용서하고 포용하는 의미에서의 새로운 출발이었다. 물론 내가 유년 시절의 트라우마를 극복하고 엄마와 편한 사이가 된 것은 아니었다. 그렇게 되고 싶었지만, 이상하게 엄마와 같이 있는 것이 불편하고 힘들었다. 다른 모녀들처럼 스킨십을 하기도 힘들었다. 엄마는 다른 사람이 자신의 몸을 만지는 것을 싫어했다. 무엇보다도 엄마 옆에 있으면 언제 무슨 이야기가 나올지, 갑자기 어떤 호통이 날아올지 몰라 항상 마음이 불안했다. 나중에 알고 보니 그것은 내 안의 어린아이를 완전히 극복하지 못했기 때문이었다.

결혼 후 1년 만에 높은 연봉을 주던 잡지가 폐간되면서 새로운 선택을 해야 했다. 나는 전통 있는 외국 통신사에 경력 기자로 지원했다. 큰 기대를 하지 않았는데 놀랍게도 합격했다! 경력이 쌓이면 런던 본사로 파견될 수도 있었다. 외국 생활은 나의 오랜 로망이었다. 하지만 문제가 있었다. 어느 정도 연차가 되기 전까지는 주기적으로 야간 근무를 해야 했다.

많이 고민했지만 결국 포기했다. 야간 근무를 하게 되면 정상적인 가정생활을 하기가 어렵다고 생각해서였다. 게다가 나는 조직 생활보다는 유연하게 근무할 수 있는 일을 원했다. 그때 운이 좋게도 한 다국적기업의 번역을 전담하게 되었다. 2~3시간만 일해도 웬만한 직장인 월급을 받을 수 있는 일이었다. 대학교 4학년 때 잠시 준비하던 통번역대학원이 떠올랐다. 번역을 하면서 통번역대학원 입학 준비를 했고 3개월 만에 시험에 합격했다.

외국 통신사를 포기한 것은 한동안 아쉬움으로 남았다. 그때 그 직장에 들어간 후배 하나는 일본으로 파견되어 그곳에서 만난 러시아 출신 기자와 결혼을 했다. 나도 그 직장을 다녔으면 사는 모습이 지금과 어떻게 달라졌을지 살짝 궁금하다. 그러고 보면 한 번의 선택으로 어떻게 바뀔지 모르는 게 인생이라는 사실이 재미있다는 생각도 든다.

내 힘으로 외국에 가지는 못했지만 몇 년 후에 남편의 해외 주재원 파견으로 우리는 2년간 외국 생활을 하게 됐다. 그곳에서 우리는 인생에서 가장 아름다운 황금기를 보냈다. 좋아하는 여행도 원 없이 했다. 그러고 보면 간절히 원하면 이루어진다는 말은 사실인 것 같다. 아마 본인이 의식하든, 그렇지 않든 간에 온 마음이 그쪽을 향하고 있기 때문이 아닐까? 지금 당장 이루어지지 않는다고 해도 소망을 품고 기다리면 언젠가는 이루어진다는 말에는 진실이 담겨 있다는 생각이 든다.

나는 신혼 초에는 절대로 아이를 낳지 말고 둘이 일하고 여행 다니면서 살자고 남편을 졸랐다. 남편은 아이를 강하게 원했다. 나도 궁금하기는 했다. 내 아이를 낳는다는 것이 과연 어떤 기분일까? 내 아이는 어떻게 생겼을까? 과연 아기가 생기기는 하는 걸까? 결혼하고 1년 반 정도의 시간이 흐르면서 점점 아이를 갖는 쪽으로 생각이 바뀌었다. 어쩌면 내가 본능에 졌는지도 모른다. 아니면 마음속 깊은 곳에서는 나도 아이를 원했는지도 모른다. 남편의 집요한 설득으로 마음이 자꾸 약해지면서 결국 나는 아이를 갖게 되었다.

나는 부모가 된다는 게 어떤 의미인지 알지 못하는 상태였다. 요즘은 아이를 갖기 전에 부모 교육을 받는 부부들이 많다고 한다. 참 현명한 행동이라는 생각이 든다. 하지만 그때의 나는 엄마가 된다는 게 어떤 의미인지, 엄마는 아이에게 어떤 일들을 해줘야 하는지 아무런 지식이 없었다. 간접 경험도 부족했고 엄마라는 존재에 대한 생각은 내내 부정적이었다. 돌이켜보면 이런 상황에서 떡 하니 아이부터 갖기로 한 것은 무모한 결정이었다. '그냥 어떻게 되겠지'라는 생각을 했던 것 같다. 철이 없었지만 다들 그렇게 부모가 되는 게 아닐까?

나의 첫 아이, 내 딸은 그렇게 아무 준비 없이 나에게 왔다. 신록이 푸르른 계절, 온 세상이 활력으로 가득한 7월에 나의 아이가 세상에 태어났다. 나는 겨울을 가장 싫어하고 여름을 제일 좋아한다. 그중에서도 7월은 내가 가장 좋아하는 달이었다. 딸이 태어난 이후 7월은 내 인생에서 가장 특별한 달로 기억되었다. 엄마로 다시 태어나고 진정한 의미에서 새로운 가족이 탄생한 달이었으니까. 나에게 있어 7월은 세상에서 가장 소중하고 행복한 달이다.

눈이 부시도록 황홀한 순간들

어떤 기사에서 보니 인생에서 가장 행복한 순간으로 첫 아이의 탄생을 꼽는 사람들이 가장 많다고 한다. 결혼은 그 다음이었다. 나에게도 딸이 주는 의미는 특별했다. 첫 아이라는 사실 외에도, 딸은 곧 새로운 삶이자 내가 되고 싶은 나, 그리고 나의 영원한 친구였다. 나는 대학원에 합격하자마자 한 학기도 다녀보지 않고 휴학했다. 대학원 과정이 빡빡하기도 했고 일단 아기를 낳고 키우는 데 전념하고 싶었다.

아기는 사랑스러웠지만, 기질이 예민하고 까다로웠다. 잘 안 먹고 재우는 데 시간과 노력이 많이 필요했다. 당시 남편이 무척 바빴기 때문에 나는 요즘 말로 '독박육아'라는 것을 해야 했다. 그런데 힘든 것을 몰랐다. 거대한 투명 거품이 우리를 감싸고 그 거품 안에 나와 딸, 단둘이 있는 것 같았다. 시계와 달력이 멈춰 있고 우리만 다른 시공간에 존재하는 느낌이었다. 하루하루 나른한 꿈을 꾸는 것 같기도 했다. 아이 옆에 누워서 자는 얼굴을 쳐다보고 있으면 어떤 신비함까지 느껴졌다.

사실 그 전까지는 매일 아침에 눈을 뜨면 불안했다. 왜 그런지는 모르겠다. 나는 어릴 때부터 이상하게 불안이 많았다. 그 불안을 없애버리려고 얼른 오늘 일어날 좋은 일을 생각하거나 바로 다른 일에 몰두하곤 했다. 하지만 아이가 태어난 후에는 그럴 필요도, 겨를도 없어졌다.

아침에 눈을 뜨면 옹알거리는 아기가 내 옆에 있었다. 고맙게도 딸은 웃음이 많았다. 나를 보면 항상 방긋 웃었다. 나의 일거수일투족이 아이에게는 중요했고, 그 순간에는 내가 세상에서 가장 중요한 존재가 된 느낌이었다.

친구들은 전화로 "힘들지 않니? 산후우울증, 육아 우울증 없어?"하고 물었지만, 나에게는 딴 세상의 일이었다. 내가 하루하루가 황홀하다고 대답하면 그들은 조금 어이없어했다. 나처럼 대답하는 아기 엄마는 처음 본다고 했다. 개인의 기쁨과 만족을 정량적으로 측정할 수 있다면, 아마 나의 기쁨 지수는 세계 최고였을 것이다!

육아는 내가 지금까지 살아오면서 가장 열정적으로 했던 일이다. 나는 몸과 마음을 바쳐 육아를 했다. 가장 기쁜 마음으로, 원해서 한 일이었지만 객관적으로는 가장 힘든 일이기도 했다. 나는 지금도 주변의 도움 없이 혼자 아기를 키우는 엄마들을 가장 존경한다. 어떤 사람들은 자기 자식을 키우는 일이 뭐가 그렇게 힘드냐고 하겠지만, 내 경험상 육아는 세상에서 가장 행복한 일인 동시에 가장 힘든 일이다.

일단 아기를 키우는 엄마들은 고독하다. 아기가 어느 정도 클 때까지 집에 갇혀서 외로운 시간을 보내야 한다. 나는 그 시간을 행복하다고 느꼈지만, 엄밀히 말하면 세상과 격리되는 셈이다. 또 막연한 불안감이 있다. 처음 겪어보는 일이고 잘 몰라서 불안하다. 무엇보다도 육아란 끊임없는 욕구 들어주기의 연속이다. 아기는 엄마에게 철저한 헌신을 요구한다. 이 와중에 엄마의 욕구는 무조건 후순위로 밀려난다. 밥도 제시간에 못 먹고, 화장실도 원하는 시간에 갈 수 없다. 잠도 푹 자지 못하고 중간에 자주 일어나야 한다. 게다가 온종일 수시로 아기를 씻기고 안아주는 일은 초보 엄마에게는 엄청난 육체노동이다!

나는 부성과 모성 중에서 두말할 것 없이 모성이 더 위대하다고 생각한다. 부성을 무시하는 것은 아니다. 하지만 퇴근 후에 들어와 몇 시간 아기를 보는 것과 온종일 아기를 보는 것 사이에는 엄청난 차이가 있다. 아빠는 어쩌다 가끔 아이를 생각하지만, 엄마는 집에 있든, 밖에서 일하든 끊임없이 아이를 생각한다. 꼭 아이가 어릴 때만 그런 것은 아니다. 아이가 학교에 들어가고 중, 고등학생이 되고 난 후에도 엄마에게는 아이가 무조건 1순위다. 물론 아빠가 아이를 직접 키운다면 그것은 예외다.

육아에 대해 문외한이었기 때문에 육아책을 많이 읽었다. 내 책장은 금세 육아책으로 꼭 찼다. 아기가 자는 시간에 책에 밑줄도 치고 메모도 하면서 열심히 공부했다. 한때는 육아책만 100권에 육박했던 것 같다. 사실 육아책은 내용이 다 비슷비슷하다. 아기 키우는 일이 뭐가 그렇게 다르겠는가. 그런데도 나는 뭔가 새로운 것, 특별한 비결이 있지 않을까 하는 마음에서 끊임없이 새로운 책들을 사들였다. 다 초보 엄마의 불안감에서 비롯된 행동이었을 것이다.

그 많은 육아책, 교육서 중에 단 한 권만 골라야 한다면, 나는 주저하지 않고 미국의 저명한 심리학자인 웨인 다이어 박사의 '자녀의 행복한 인생을 약속하는 부모의 지혜(What Do You Really Want For Your Children)'를 선택하겠다. 사실 실무적인 아기 돌보기에 관한 책은 몇 권이면 충분하다. 그 후로 내가 사들인 책들은 거의 다 어떻게 하면 아이를 똑똑하게 키울 수 있는가에 대한 책들이었다. 일종의 지능계발과 조기교육에 관한 책들이었던 셈이다. 각각의 책에는 아주 개별적이고 특수한 아이와 특수한 엄마, 특수한 환경이 등장한다. 이런 환경에서 이런 노력을 했더니 아이가 똑똑하게 잘 컸다는 내용이었다.

웨인 다이어 박사의 책은 달랐다. 그는 책에서 시대와 유행과 상관없이 행복하고 건강한 아이를 키우는 데 있어 모든 부모가 보편적으로 추구해야 할 가치와 지향점을 제시한다. 몇 가지 원칙을 소개하자면, '삶의 기쁨을 누릴 줄 아는 능력을 길러주어야 한다', '감정을 조절하는 기술을 가르쳐라', '자신을 가치 있게 생각하는 어린이로 키워라', '자신의 의지대로 살게 키워라', '걱정과 스트레스로부터 자유롭게 키워라', '건강한 어린이로 키워라', '모험가로 키워라', '현재에 충실하도록 가르쳐라', '창조성 있는 어린이로 키워라', '목적이 있는 삶을 살도록 가르쳐라' 등이다.

당연한 말인 것 같지만 곱씹어 보면 그렇지 않다. 난무하는 기술 속에서 우리는 원칙을 잊기 쉽다. 우리가 성경의 내용을 다 알면서도 옆에 놓고 끊임없이 그 의미를 성찰하고 실천하려고 노력하는 것처럼, 기술이 아닌 원칙을 제시하는 책들은 그만큼 귀하고 중요하다. 구체적인 실천 방법은 각자의 환경과 아이의 기질에 맞게 부모가 고민하면 된다.

돌이켜보면 초보 엄마로서 실수투성이였지만 후회는 없다. 내 서툰 노력에 대해 전혀 부끄럽지 않다. 그때의 나는 모든 것을 걸고 육아에 최선을 다했다. 아이가 좀 커서 걸을 수 있게 되자 나는 아이의 감각을 깨워주려고 노력했다. 살랑거리는 바람의 느낌, 바스락거리는 낙엽 소리, 시원한 빗방울을 느낄 수 있도록 아이를 자주 자연으로 데려갔다. 어느 여름날에는 일부러 우산을 쓰지 않고 같이 비를 맞았다. 아이는 흥에 겨워서 빗물 웅덩이 속으로 첨벙 뛰어들었다. 우리는 그 웅덩이에서 온몸이 흠뻑 젖도록 같이 첨벙첨벙 놀이를 했다.

밖에 데리고 나가면 다들 아이가 씩씩하다고 했다. 지금도 딸은 체구는 작지만, 또래 아이들 속에서 놀이를 리드하는 편이다. 미국에 처음 갔을 때도 영어 한마디 못하면서 아이들과 거리낌 없이 놀았다. 미국 사람들은 생글거리는 딸을 보면서 '스마일리 걸'이라며 무척 귀여워했다. 한번은 남편이 회사 야유회에 딸을 데려갔다. 카누 놀이를 했는데 남자아이들이 여자아이들이 탄 배를 뒤집고 장난을 치자 딸은 여자아이들을 이끌고 남자아이들 배를 무찔러 버렸다.

우리는 주말마다 체험을 많이 다녔다. 그래서인지 딸은 낯선 곳, 새로운 경험에 대한 두려움이 없다. 아니, 오히려 변화를 즐기는 편이다. 그리고 딸을 씩씩하게 키우기 위한 이 모든 노력은 나를 돌아보고 치유하는 과정이기도 했다. 나의 소심함, 끈질기게 나를 따라다니는 불안과 걱정을 몰아내고 싶었다. 딸과 함께 많은 것을 체험하고 새로운 환경에 끊임없이 노출되면서 불안은 조금씩 사라졌고 나는 점점 더 씩씩해졌다.

체험과 함께 내가 신경 썼던 또 하나의 분야는 독서다. 나는 아이가 원하는 대로 책을 읽어주었다. 딸과 함께 동화책을 읽으면서 내가 어릴 때 느끼지 못했던 마음의 평화를 느낄 수 있었다. 동화책을 읽을 때마다 어린 시절로 돌아간 느낌이 들었다. 아이를 무릎에 앉히고 함께 책장을 넘기며 책을 읽어주는 순간마다 아이와의 일체감과 행복감을 느꼈다.

아이를 키우면서 얻게 된 또 하나의 성과는 긍정적으로 생각하고 감사하는 마음을 갖게 되었다는 점이다. 나는 아침에 눈을 뜬 아이에게 엄마의 웃는 얼굴로 하루를 시작하게 해 주고 싶었다. 그러기 위해서는 항상 내 기분을 밝게 유지해야 했다. 그 전에는 아침에 일어나면 항상 기분이 가라앉아 있었다. 나는 의식적으로 나를 변화시키려고 노력했다. 이렇게 의식적인 노력이 이어지면서 나중에는 웃는 얼굴로 하루를 시작할 수 있게 되었다.

치유 육아

아이를 키우고 육아책을 읽으면서 나는 '내면의 아이'라는 단어와 다시 마주쳤다. 내면의 아이라는 용어는 미국의 가족치료사 존 브래드쇼의 저서 '상처받은 내면아이 치유'로 널리 알려지게 되었다고 한다. 어린 시절에 성범죄나 가정폭력 등의 심각한 상처를 입은 경우, 그것에 대한 억압이 나타나게 되고 몇 년, 혹은 몇 십 년 뒤에 지나친 스트레스를 받을 때 그 당시의 상처가 기억나고 계속 재발함으로써 미래의 삶에도 계속 영향을 미친다는 것이다.

또 '내적 불행'이라는 단어도 만났다. 미국의 정신분석학자 피퍼 부부에 따르면 '내적불행'이란 자신이 원하는 삶을 살지 못하도록 방해하고, 결심한 것을 끝까지 말고 나가지 못하게 만드는 내면의 힘을 가리킨다고 한다. 이 강력한 자기 파괴의 힘은 잘못된 양육법에서 비롯된 것이며 치유되지 않을 경우, 부모들로부터 아이들에게 고스란히 대물림된다고 한다.

내 경우에는 기본적으로 걱정이 많은 성격(이것이 타고난 성격임을 둘째 아이를 키우면서 확실히 알게 됐다)인 데다 불안정한 가정환경, 엄마의 폭언과 무관심, 어린 시절에 경험한 지나친 처벌로 내적 불행을 안게 된 셈이다. 나는 다른 사람들에 대한 신뢰가 없었고 세상이 무서워서 내 안에 숨어들었다. 항상 소극적이었고 가능성을 스스로 제한했다. 또한, 다른 사람들과 지속적인 관계를 맺지 못했다.

이러한 내적 불행, 상처 입은 내면 아이가 부모로부터 아이들에게 고스란히 대물림된다는 것은 너무나 무섭고도 잔인한 사실이다. 이를 피하려면 내적 불행(내면 아이)을 인식하고 유년기의 상처를 치유해야 한다. 나는 다행히도 아이를 낳기 전에 이미 상처 입은 내면 아이를 발견하고 어느 정도 치유한 상태였다. 하지만 완전히 극복하기까지는 많은 시간과 노력이 필요했다. 그리고 이 과정에서 육아는 결정적인 역할을 했다.

문제는 내적 불행을 깨닫지 못하거나 깨달았더라도 미처 치유하지 못한 엄마가 아이를 키우게 되는 경우다. 육아 자체가 힘든 과정인데 상처 입은 내면 아이로 인해 몇 배 더 힘든 상황에 직면하게 되는 것이다.

다행히도 이 과정에서 자신의 상처를 깨닫는다면 아이를 키우면서 자신의 내면 아이를 치유할 수 있다고 생각한다. 이 경우에는 오히려 육아가 내면 아이 치유에 도움이 될 수 있다. 나는 이 과정을 '치유 육아'라고 부르고 싶다. 상처 입은 내면의 아이를 가슴에 안고 있는 엄마(또는 아빠)가 육아를 통해 내적 불행을 극복함으로써 아이에게 상처를 대물림하지 않고 건강하고 행복한 아이로 키워내는 과정, 그것이 바로 치유 육아가 아닐까.

의식하든 의식하지 않던 간에, 우리는 아이를 키우는 과정에서 과거의 나를 다시 만나게 된다. 육아란 어찌 보면 어린 시절의 자신과 다시 만나고 그때 입었던 마음의 상처를 치유하면서 완전한 어른으로 거듭나는 과정이다.

상처 없는 유년기를 보낸 사람이 과연 몇이나 될까? 내가 지금까지 살면서 주변에서 만난 사람들은 크든 작든, 어린 시절의 불행한 기억을 한두 가지씩은 갖고 있었다. 굳이 남들에게 드러내지 않을 뿐이다. 만약 특정 종류의 영화나 책, 실제로 일어난 어떤 유형의 사건에 지나치게 집착하거나 극단적인 방식으로 공감한다면 자신의 어린 시절을 한번 돌아볼 필요가 있다.

내 경우에는 TV나 신문에서 아동학대 뉴스를 보게 되면 꽤 오랫동안 그 사건에서 벗어나지 못했다. 나는 아동 성폭행 사건보다는 밥을 안 주고 지나친 벌을 주고 폭행, 폭언이 동반되는 아동학대 사건에 특히 민감하게 반응했다. 그런 사건을 접하게 되면 몸이 덜덜 떨릴 정도로 분노했다. 학대당한 아이가 며칠 동안 계속 떠올랐다. 그러고 싶지 않은데도 나도 모르게 그 아이가 당한 고통을 머릿속으로 생생하게 그려 보게 되는 것이다. 어떤 경우에는 분노를 못 이겨 혼자 펑펑 울기도 했다. 어느 순간, 이러한 반응이 어린 시절 나의 내적 불행에 기인한 것이라는 사실을 깨닫고 이제는 되도록 그런 기사를 자세히 보지 않으려고 한다.

또 하나 내가 예민하게 반응하는 사건은 동물 학대다. 어릴 때 집에서 강아지를 키웠는데 오빠가 강아지를 수시로 괴롭혔다. 남자아이 특유의 짓궂음에다 가정상황에 대한 불만이 힘없는 동물에 대한 학대로 나타난 것이다. 오빠가 툭하면 강아지를 때리고 목줄을 거칠게 끌고 다니는 데도 힘이 없어서 보고만 있어야 했다. 그 좌절감이 지금까지 남아 동물 학대 사건만 보면 마음을 진정시키기가 어렵다. 내가 어떤 권위나 강자에 대해 이유 없이 반감을 품었던 것도 이런 기억들 때문이 아닐까 싶다. 권위나 강자가 반드시 나쁜 것이 아닌데도 이상하게 싫었다. 물론 지금은 그렇지 않다.

다시 말하지만, 육아는 내면의 상처 입은 어린아이를 돌보고 그 아이를 행복하게 해 줄 다시없는 기회다. 끈질긴 성찰과 노력을 통해 과거와 화해한다면 인생의 후반부를 완전한 어른으로서 시작할 수 있다. 엄마의 길에 들어선 여성들이 이 시기를 놓치지 말았으면 좋겠다. 어린 시절이 불행했던 사람들에게 자신의 아이를 키우는 시기는 과거를 치유하고 과거에서 벗어날 수 있는 절호의 기회이므로.

물론 힘들다. 내적 불행을 안고 있는 상태에서 아이의 욕구를 먼저 만족시켜 주어야 한다. 어떤 엄마들은 아기가 우는데도 방치하거나 아기에게 소리를 지르고 짜증을 낸다. 그리고는 나중에 후회하고 눈물을 흘리면서 엄마 자격이 없다고 자신을 비난한다. 이런 일이 반복되면서 육아에 대한 자신감을 잃어버리기도 한다. 육아 카페 게시판을 보면 이런 사연들이 자주 올라온다.

하지만 노력을 통해 아이에게 상처를 대물림하지 않고 내면 아이를 치유하는 데 성공한다면 엄청난 성취감과 자존감을 얻을 수 있다. 과거를 돌아봄으로써 현재의 자신을 더 잘 이해하게 되고 과거의 굴레에서 벗어나 새로운 삶을 시작할 수 있다. 큰 고통을 극복했기에 내면의 힘이 강해지고 나 위주의 생각에서 벗어나 더 큰 세상을 품을 수 있게 되는 것이다. 물론 다른 방법으로도 내면의 아이를 치유할 수는 있다. 하지만 엄마들이 본인과 사랑하는 아이를 위해 이 절호의 기회를 놓치지 말았으면 좋겠다.

아이를 키우다 보면 부모님의 잘못을 용서하기가 더 쉬워진다. 내 경우에는 딸이 밥을 잘 먹지 않았다. 밥 한번 먹일 때마다 두 시간씩 걸리고 아이 밥 먹이고 나면 집안이 난장판이 되곤 했다. 그럴 때면 엄마가 떠올랐다. 아이 하나 키우는데 이렇게 힘든데 고만고만한 아이 셋을 키우면서 살림까지 하느라 얼마나 힘들었을까 싶었다. 만약 워킹맘이라면 회사에서 불합리한 상황을 겪을 때

'우리 아버지는 어떻게 평생을 이렇게 사셨을까'라는 생각을 하면서 과거 아버지에 대한 맺힌 마음을 조금은 풀어낼 수 있지 않을까.

나의 오빠는 엄마보다 아버지와 사이가 좋지 않았다. 아버지는 돌아가시기 전 1~2년간 가족들을 무척 힘들게 했다. 오랫동안 아프다 보니 성격도 삐딱해지고 엄마에게 무서울 정도로 적대감을 표현했다. 자신이 병을 얻게 된 이유가 아내로부터 보살핌을 받지 못했기 때문이라며 모든 화살을 엄마에게 돌렸다. 나와 동생은 아버지에게 공감할 수 없었다. 하지만 오빠는 아버지의 이야기에 진심으로 귀를 기울였다. 그때는 오빠를 이해하기 어려웠지만, 이제는 조금 알 것도 같다. 내가 크면서 엄마를 조금씩 이해하게 됐듯이 오빠도 그렇지 않았을까.

육아는 고치고 싶은 성격이나 습관을 바꿀 수 있는 좋은 계기가 되어 주기도 한다. 내 경우에는 딸을 키우고 주변 엄마들과 교류하면서 그동안 부족했던 인간관계나 사회성을 많이 배웠다. 딸이 사회성 좋은 아이로 자라났으면 하는 마음에서 또래 아이들과 많이 놀게 했다. 그 과정에서 자연스럽게 이웃을 집에 초대하고 차도 마시면서 관계를 넓혀 갔다. 전에는 폐쇄적인 가정환경 때문에 집에 누가 오는 것이 무척 어색하고 불편했지만, 딸을 위해 참고 하다 보니 나중에는 익숙해지고 즐기게 되었다.

나는 평소에 표정이 별로 없다는 말을 많이 들었다. 또 다른 사람들과 대화를 하다가도 나도 모르게 딴생각에 잠기는 경우가 많았다. 그런데 주변 엄마들과 어울리면서 일부러 많이 웃으려고 노력하고 대화에도 적극적으로 참여하게 되었다. 수줍어하는 성격도 많이 고쳐졌다. 사람들과의 관계에서 늘 주변부에 머물던 내가 이제는 모임도 만들고 그 모임에서 주도적인 역할을 하기도 한다.

두 번째 유년기

　나는 딸을 키우면서 어린 소녀로 다시 돌아갔다. 딸과 함께 매일 소꿉놀이, 인형놀이, 그리기, 이야기 지어내기 놀이를 했다. 함께 놀지 않더라도 딸이 혼자 역할 놀이에 빠져 있는 모습을 지켜보곤 했다. 어렸을 때 나도 저렇게 예쁜 모습으로 놀았을까 싶었다. 바라보는 것만으로도 가슴이 꽉 차는 느낌이었다.

　대리만족도 느꼈다. 딸에게 예쁜 옷을 입히고 머리핀을 꽂아 주고 머리를 묶어주는 것이 즐거웠다. 미국에 처음 갔을 때의 일이다. 엄청나게 큰 대형 쇼핑몰에서 아동복으로 유명한 매장에 들렀다. 발을 들여놓는 순간 나는 원색과 파스텔 색조를 베이스로 한 형형색색의 아동복과 사랑에 빠졌다. 4~6세 여자아이들을 위한 옷들이 너무 예뻤다. 나는 미친 듯이 쇼핑 바구니에 아이 옷을 담기 시작했다. 이것도 사고 싶고, 저것도 사고 싶고, 도저히 고르는 손을 멈출 수가 없었다. 기본으로 60~70%를 할인해서 파는 매장이었는데도 결국 내 기준에서 엄청난 옷값을 지불해야 했다.

나는 상당히 까다롭고 합리적인 소비자다. 항상 가성비를 꼼꼼히 따져 쇼핑했다. 단언컨대 이성을 잃고 쇼핑을 한 것은 그때가 처음이었다. 지금 생각해 보면 잠시 어린 소녀의 마음으로 돌아가서 가격을 생각하지 않고 마음에 드는 옷들을 바구니에 담았던 게 아니었을까 싶다. 딸이 큰 후에도 그 옷들을 소중하게 보관하고 있었다. 그 옷들만 보면 딸이 한창 예뻤을 때가 생각났고 행복한 기분을 느끼곤 했다.

어느 날 동네 엄마들 카페에서 네 아들을 둔 나이든 엄마가 뒤늦게 딸을 낳고 올린 글을 보게 되었다. 딸 옷을 사줘야 하는데 한창 돈이 많이 들어가는 아들들 때문에 새 옷을 사주기가 부담스럽다는 사연 글이었다. 그래서 집에 작아진 여자아이 옷이 있으면 물려달라고 부탁했다. 나는 그 사연을 보고 보물처럼 간직했던 딸아이 옷들을 꺼내어 상자에 담아 그 엄마에게 전달했다. 몇 상자나 되는 옷가지들을 보고 그분은 깜짝 놀랐고 정말 받아도 되느냐며 고마워했다. 한때 내 딸을 빛나게 해 주었던 그 옷들이 내 딸만큼 귀한 아이에게 갈 수 있어서 마음이 흐뭇했다.

미국에 있을 때 나는 딸아이를 위해 걸스카우트 활동을 신청했다. 미국에서는 컵스카우트나 걸스카우트 같은 활동이 철저하게 학부모들의 재량에 따라 운영된다. 학교에서는 장소만 대여해 주고 모든 활동을 부모와 아이들이 알아서 진행해야 한다. 아는 사람이 전혀 없는 미국 학교에서 나는 딸과 함께 걸스카우트와 관련된 모든 활동을 하고 행사를 체험했다.

물론 미국의 걸스카우트는 어떤 식으로 진행될지에 대한 개인적인 호기심도 있었다. 미국 엄마들도 한번 사귀어 보고 싶었고 아빠의 직장 일 때문에 낯선 곳에 온 딸에게 친구를 많이 만들어주고픈 마음도 있었다. 하지만 가장 큰 원동력은 역시 딸과 함께 그 활동을 경험해보고 싶다는 마음이었다. 어린 시절에 나의 것이 아니었던 경험을 이 기회에 누려보고 싶었다.

　엄마들이 주로 딸을 통해 대리만족을 경험한다면 아빠들은 아들을 통해 유년기에 자신이 못 해본 경험을 하게 되는 것 같다. 내 남편의 아버지, 즉 나의 시아버지는 항해사로 평생 원양어선을 타셨다. 거친 바다 생활이 체질에 맞지 않아 항해를 끝내고 집에 계실 때는 혼자서 늘 폭음을 하셨다고 한다. 술 때문에 나중에 병이 찾아왔고 병원과 집에서 대부분 시간을 보내야 했다. 그래서 남편은 아버지에 대한 추억이 거의 없다. 어릴 때는 바다에 아버지를 빼앗기고 커서는 병원에 빼앗긴 셈이다.

　남편은 지난 여름 주말마다 거의 2시간씩 아들이랑 잠자리를 잡으러 다녔다. 정확히 말하면 아들이 주로 잡고 남편은 어려운 장소에 앉은 잠자리만 잡아주었다. 아들은 동네 아이들 사이에서 소문난 잠자리 잡기 선수다. 원래 느릿느릿한 아이인데 어찌 된 게 곤충 잡을 때면 도마뱀처럼 재빠르다. 남편은 아들이랑 잠자리를 수십 마리씩 잡고 놓아주고 잡고 놓아주면서 진심으로 즐거워했다. 저런 단순한 놀이가 뭐가 재밌을까 싶지만, 남편 말로는 남자한테는 '사냥 본능'이 있어서 잡는 행위 자체에 쾌감을 느낀다고 했다.

　하지만 나는 안다. 남편이 정말로 즐거워하는 것은 어린 아들이랑 단둘이서 취미를 공유하면서 보내는 시간 그 자체라는 것을. 남편은 영화나 드라마에서 부자가 함께 목욕탕에 가거나 야구장에 가거나 함께 술잔을 기울이는 모습을 보면서 저런 건 어떤 기분일지 궁금해 했다. 늘 부재중이던 아버지를 대신해서 어머니가 남편이랑 야구도 하고 씨름도 했다고 한다. 어머니는 남편 때문에 야구 경기를 보게 되었는데 나중에는 본인이 경기를 즐기게 되셨다고 말씀하신다. 사려 깊고 자상한 어머니 덕분에 그늘이 거의 없는 남편이지만 아버지의 부재가 나름의 상처로 남아 있다는 것을 나는 안다.

그래서 40세에 얻은 둘째 아들이 그에게는 특별한 의미가 있는 것 같다. 아들과 뛰어다니며 노는 그에게서 나는 어린 시절 못 누렸던 시간을 지금에서야 즐기고 있는 한 어린아이의 얼굴을 본다. 그 아이는 30년 가까운 시간이 흐른 지금, 자신의 분신과 같은 아들과 종이접기도 하고 로봇도 조립하고 드론도 날린다. 남편의 꿈은 아들이랑 농구를 하는 것이다. 그래서 지금의 체력을 10년은 유지해야 한다며 틈만 나면 농구장에서 혼자 연습도 하고 팔굽혀펴기도 한다.

생각해보니, 남편은 아버지와 함께 했던 추억을 딱 하나 간직하고 있다. 남편은 어렸을 때 몸이 무척 약했다. 하도 병원을 집처럼 들락거려서 지금도 병원의 소독약 냄새가 참 싫다고 한다. 나중에 바닷가에 살면서 몰라볼 정도로 건강해졌는데 그 전까지는 항상 약한 아이였다고 한다. 아버지가 집에 안 계셨기 때문에 남편을 병원에 데리고 가는 것은 늘 어머니의 몫이었다.

그러던 어느 날, 그해의 항해를 끝내고 집에 계셨던 아버지가 남편을 병원에 데리고 갔다. 아버지는 아들에게 별 이야기를 하지 않았다고 한다. 그저 아픈 아들을 업어서 자전거에 태우고 병원까지 달렸다. 진료를 받고 집으로 돌아오던 중에, 두 사람은 순댓국집에 들러 순댓국을 먹었다. 그 날 이후 다시는 아버지와 단둘이 특별한 시간을 보낸 적이 없다고 한다. 나중에 시아버지는 지병으로 인해 언어 기능을 잃었다. 대부분의 시간을 집에서 누워 있는 데도 부자간에 아무런 이야기도 나누지 못했다.

어쨌든 남편은 그 이후 어머니와 병원에 갈 때마다 순대국밥을 먹자고 졸랐다고 한다. 평소에 순댓국을 그다지 좋아하지 않았던 아이였기에, 어머니는 의아하게 생각했을 것이다. 돼지국밥도 있었는데 무조건 순댓국만 먹었다고 한다. 어린 남편에게 순대국밥은 아버지와 동의어가 아니었을까. 이 이야기를 남편에게 듣는 동안 나는 순댓국을 먹으면서 내내 아버지를 그리워했을 작고 약한 아이를 떠올렸다.

딸을 낳고 키우던 10여 년은 내가 어린 시절 엄마와 나누지 못했던 소소하고 즐거운 추억을 실컷 쌓았던 행복한 시간이었다. 어찌 보면 나는 딸을 키웠다기보다 딸과 친구가 되어 매일 매일 즐겁게 지냈다. 지금은 딸이 많이 컸는데도 딸에게 인형을 사주고 부족한 솜씨로 머리를 묶어주고 매일 아침 학교에 입고 갈 옷을 골라주던 그 기쁨을 아직도 기억하고 있다.

우리는 결국 유년 시절을 두 번 경험하게 된다. 첫 번째는 우리의 부모님과 함께, 두 번째는 우리의 아이와 함께.

첫 번째 유년시절이 그다지 행복하지 않았더라도 기회는 또 있는 셈이다. 그리고 두 번째 유년기에 이르러 우리는 첫 번째 시절을 다른 눈으로 보게 된다. 꼭 안 좋고 슬픈 기억만 있었던 것은 아니라는 것을 알게 된다. 우리의 엄마, 아빠도 힘들었고 주어진 상황에서 나름대로의 최선을 다하면서 살았다는 것을 알게 된다. 그리고 다시 경험하는 이 두 번째 유년기를 내 아이와 함께 더욱 소중하게 만끽할 수 있게 된다.

제5장
우리는 언제나 상처와 함께 살아간다

내 안의 엄마

아이를 키우기 전까지 나는 엄마와 내가 전혀 다르다고 생각했다. 엄마는 급했고 나는 느렸다. 내가 보는 엄마는 돈 외에는 관심이 없었고 나는 돈은 꼭 필요한 만큼만 있으면 된다고 생각했다. 엄마는 감정을 분출하는 사람이었고 나는 감정을 지나치게 꾹꾹 눌렀다. 외모도 달랐다. 우리가 부딪히는 이유는 그만큼 우리가 다르기 때문이라고 생각했다.

그런데 아이를 키우면서 내 안에 숨어 있는 엄마의 모습에 경악하지 않을 수 없었다. 일단 나도 모르게 자꾸 짜증이 나는 순간들이 찾아왔다. 대학원에 복학해야 하는 시간이 다가오면서 조금씩 초조해졌다. 시어머니는 아기를 키워줄 상황이 아니었다. 시아버지가 돌아가시고 10년의 간병 생활에서 벗어나신 시어머니는 이제 자유로운 생활을 누리기를 원했다. 허리도 좋지 않았다.

엄마는 그때 잠시 일을 쉬고 있었지만, 엄마한테 아이를 맡긴다는 것은 절대로 있을 수 없는 일이었다. 엄마의 양육 방식을 평생 비판해왔는데 이제 와서 소중한 딸을 가지고 모험을 할 수는 없었다. 이제는 엄마를 어느 정도 이해하게 되었지만 그렇다고 양육자로서의 자질까지 인정한 것은 아니었다. 엄마가 처한 상황은 받아들였지만, 엄마의 인내심이나 감정 조절 능력에 대해서는 여전히 낮게 평가했다. 건방진 생각이지만 그때는 그랬다.

대학원에서의 공부를 위해 집에서 많은 준비를 해야 했는데 아이는 자꾸 나를 방해했다. 낮잠을 오래 자지 않고 자주 깨서 내 계획을 엉망으로 만들었다. 나는 한 번에 여러 가지 일을 하는 데 서툴렀다. 한 가지 일에 무섭게 집중하는 편이었다. 그런데 육아는 기본적으로 멀티태스킹을 요구했다. 뭔가에 집중하려고 할 때 아이가 이것저것 요구하면 갑자기 짜증이 났다. 아무리 알아듣게 말해도 같은 잘못을 되풀이할 때, 바쁜데 작은 실수들을 저지를 때, 늦었는데 놀이를 다 마치고 가겠다고 고집을 부릴 때 나도 모르게 화가 차올랐다.

몇 번은 참았다. 아니 내 기준으로는 정말 많이 참았다. 그러다가 어느 순간 자제력을 잃고 소리를 지르는 일이 일어났다. 아이는 깜짝 놀라서 울음을 터트렸고 남편은 화를 내는 내 얼굴이 너무 무섭다고 했다. 그때까지 나는 집에서 화를 내 본 일이 별로 없었다. 일단 마음껏 화를 낼 수 있는 대상이 없었다. 속상해도 참고, 화가 나도 참아야 했다. 감정을 잘 표현하지 않았으니 표정 변화도 별로 없었다. 외부 일에 무심하다는 말을 많이 들었고 실제로도 무심했다.

그런데 결혼을 하고 아이를 키우면서 이제는 화를 낼 수 있는 상황이 되었다. '권력'이라는 단어를 좋아하지 않지만, 집안에서 나름 권력을 갖게 된 것이다. 남편은 성격이 유순했고 아이는 한참 어렸다. 나도 모르게 화가 나면 제동을 걸기가 어려웠다. 감정이 한번 격앙되어 밖으로 분출되면 쉽게 가라앉지 않았다. 한번 나빠진 기분을 되돌리기 힘들었다. 화를 자주 내지는 않았지만 한

번 화를 내면 자신도 놀랄 정도로 무섭게 냈다. 육아책을 읽으며 나름 수양을 해 왔기 때문인지 아이에게 대놓고 화내지는 않았다. 대신에 남편에게 화풀이 하거나 혼자서 화를 삭이느라 애를 먹었다.

임계점을 넘어 몇 번 아이에게 화를 낸 후에는 자괴감에 빠졌다. 혼자 울기도 했다. 그토록 싫어했던 엄마가 내 안에 있었다니……. 결국 엄마를 그렇게 만든 건 상황이었다. 엄마와 내가 본질적으로 다르지 않다는 사실은 나에게 큰 충격이었다.

곰곰이 생각해 보니, 내가 심하게 화를 내는 이유는 작은 감정들을 배출하지 않고 마음에 담아 놓기 때문이었다. 또 나는 모든 일을 내가 원하는 대로 통제하려고 하는 경향이 강했다. 여러 상황을 종합해 볼 때, 엄마와 나는 완벽주의자였다. 완벽하게 하려는 것, 다른 사람들의 행동을 내가 원하는 방향으로 바꾸려고 하는 태도가 잘못이었다.

약한 체력도 문제였다. 힘이 드니 나도 모르게 짜증이 났다. 나만 손해 보고 있다는 생각도 화를 키우는데 한몫을 했다. 아이를 계속 이해해주고 마음을 읽어주다가도 '내가 왜 이렇게까지 해야 하지?'라는 의문이 갑자기 들었다. 남편은 회사 일만 하는데 나는 집에서 일도 하고 공부도 하고 육아까지 다 해야 한다고 생각하니 억울했다.

나는 엄마가 원래부터 강한 사람인 줄 알았다. 내가 보는 엄마는 모든 일을 열심히 했고 잠시도 쉬는 법이 없었다. 하지만 처음부터 강한 사람이 어디 있을까. 엄마도 무척 힘들었을 것이다. 자신의 한계를 넘어서는 생활을 하면서도 독기로, 오로지 정신력 하나로 버텼을 것이다. 그러니 그 스트레스를 참지 못하고 아이들에게 폭언을 하고 작은 잘못도 가혹하게 처벌했을 것이다.

상황을 인정했으니 이제는 달라져야 했다. 일단 욕심을 내려놓고 잠을 충분히 잤다. 한 번에 푹 잘 수 없으면 짬짬이 나누어서 눈을 붙였다. 피곤할 때는 의식적으로 아무 일도 하지 않았다. 특히 훈육을 하지 않았다. 음악을 듣는 데 익숙하지 않았지만, 일부러 편안한 음악을 자주 들었다. 모든 일에 욕심을 내지 않고 물 흐르는 듯이 생활하려고 노력했다.

때로는 지식이 독이 되기도 했다. 나는 육아책을 정말 열심히 읽었다. 아이가 몇 살까지 어떤 행동을 하고 어떤 발달 상태를 보이고 어떤 기술을 습득하게 되는지 잘 알고 있었다. 그러니 나도 모르게 자꾸 아이의 발달과 성장을 책에 맞추려고 했다. 또 나는 기본적으로 고지식했다. 책은 내가 살아가는 데 큰 도움을 주었지만 그건 이상적이고 원론적인 이야기일 뿐이었다. 삶은 수많은 변수에 유연하게 대응하는 과정의 연속이다. 육아도 사회생활 못지않게 순발력과 유연성을 요구했다.

이런 사실을 깨달으면서 나는 조금씩 느긋해졌다. 기다려주라는 것이 무슨 의미인지 점차 알게 되었다. 내가 모든 것을 해야 한다는 생각도 조금씩 버렸다. 훈육은 아주 가끔만 필요했다. 아이가 마음에 들지 않는 행동을 하더라도 큰 문제가 아니라면 일단은 그냥 지켜보게 되었다. 굳이 내가 나서지 않더라도 시간이 지나고 비슷한 상황이 반복되면 아이의 행동이 달라질 거라고 생각했다.

나는 점점 육아를 '덜 열심히' 하게 되었다. 엄마로서 나의 역할을 기본적인 돌봄과 조건 없는 사랑을 주는 것으로 한정했다. 가만히 생각해보면 옛날 어머니들은 아이에게 그렇게 많은 것을 해주려고 하지 않았던 것 같다. 많은 것을 해 줄 상황이 아니어서 그랬을 수도 있지만, 그렇게 하는 것이 기본적인 양육의 범위를 벗어나기 때문일 수도 있다. 사실 엄마가 아이의 선생님이나 매니저는 아니다.

지금의 나는 어떤 확고한 육아관이나 교육 철학을 가지고 있지 않다. 아이가 커갈수록 어떤 교육이 좋은 교육인지 솔직히 잘 모르겠다. 하지만 한 가지 동의하는 말이 있다. '넘침은 모자람만 못하다'라는 말에 공감한다. 극단은 서로 통하는 것 같다. 평소에 너무 애쓰고 잘하려고 노력하다가 그 노력이 수포로 돌아가면 좌절과 분노를 부르는 것 같다. 육아도 그렇다. 아이를 지나치게 배려해주다가 갑자기 무섭게 훈육을 하게 되면 아이는 충격을 받을 수도 있다. 화를 참고 참다가 극단적인 방식으로 아이를 처벌하면 평생에 남을 공포와 상처를 아이의 마음에 남기게 될 지도 모른다.

지금은 심리적으로 아이들과 어느 정도 거리를 두고 지켜보는 쪽이다. 사랑은 많이 표현하지만, 행동에는 절반쯤만 관심을 두려고 한다. 어차피 엄마의 말은 아이에게 영향을 주는 데 한계가 있다. 나의 잔소리가 단기간에 아이의 행동을 바꾸지는 않는다. 아이의 행동이 바뀌기 위해서는 시간이 필요하다. 일단 아이가 스스로 변화의 필요성을 인식해야 한다. 그런 다음, 많은 시행착오를 거쳐 조금씩 행동이 바뀌는 것이다. 아이의 문제 행동을 당장 고쳐놓겠다는 생각으로 정면으로 달려들었다가는 역효과가 나기 쉽다. 아이는 엄마를 무서워하게 되고 엄마의 입장에서는 순간적으로 아이를 미워하는 마음이 들 수 있다.

그러니 이제는 잔소리를 되도록 아끼는 편이다. 해 봤자 단기간에 효과도 없고 속상함만 커진다. 아이가 학교, 선생님, 친구들, 또래 집단, TV 같은 주변 환경과 어우러져 살아가면서 본인에게 필요한 만큼 변화해 나갈 거라고 믿기로 했다.

엄마도 사람인지라 너무 열심히 하다가 성과가 안 나오면 화가 난다. 요즘의 나는 아이가 자신의 유년시절을 마음껏 보내도록 내버려 두는 편이다. 육아책이나 교육서를 많이 읽었는데도 시간이 흐르니 오히려 방임형 엄마가 되었다.

내 생각이 보편적으로 옳다고 생각하지는 않는다. 단지, 아이들을 키우면서 많은 시행착오를 거친 후에 나는 아이와 나를 분리하는 방임형 엄마가 되기로 했다. 내가 신경을 덜 쓰면서부터 딸은 오히려 자신의 속마음을 더 터놓는 편이다. 들어주기만 하고 뭐라고 하지 않으니 더 편하게 느끼는 것 같다. 사실 내가 되고 싶은 엄마 유형은 편하고 만만한 엄마다.

첫 아이를 키우면서 나는 엄마를 더욱 많이 이해하게 되었다. 나의 불안, 나도 모르게 성과에 집착하는 마음, 숨겨져 있었던 조급함이 엄마에게서 온 것임을 알게 되었다. 그리고 둘째 아이를 키우면서부터는 엄마를 마음으로 완전히 받아들이게 되었다. 둘째는 나처럼 느리고 답답한 편이다. 감정을 잘 표현하지 않고 반응이 느려 반항하는 것으로 오해도 많이 했다. 그 과정에서 나도 내가 엄마에게 다루기 힘든 아이였음을 인정하게 됐다.

소중한 사람에게 주는 상처

그동안 나는 엄마와 나의 관계에서 나 자신을 일방적인 피해자로 여기고 있었다. 하지만 돌이켜보면 내가 엄마를 힘들게 한 부분도 분명히 있었다. 우선 엄마의 관심과 사랑을 갈구하면서도 엄마의 마음에 들기 위한 행동을 거의 하지 않았다.

물론 자신의 욕구를 누르고 다른 사람을 배려한다는 것은 아이들에게는 어려운 일이다. 아이들은 본능적으로 이기주의자이기 때문이다. 자신의 욕구가 먼저 만족된 후, 그 경험을 통해 서서히 다른 사람들의 욕구를 채워주는 방법을 배워나간다. 엄마는 아이를 존재 자체로 사랑해야 하고 아이의 타고난 성격이나 특성을 비판해서는 안 된다. 여기까지가 내가 육아서를 보고 배운 내용이다. 하지만 막상 엄마가 되어 아이를 직접 키워보니 아이 중에서도 사랑을 더 많이 받을 만한, 아니 주변 사람들을 행복하게 해 주는 품성을 타고난 아이가 있는 것도 사실이다.

내 딸은 내가 힘들다고 하면 시키지도 않았는데 자연스럽게 어깨를 주물러 준다. 엄마의 표정을 살피면서 피곤하니까 빨리 쉬라고 한다. 말치레에 그칠 때도 많지만 설거지를 해 주겠다고 하거나 도와줄 일이 없느냐고 묻는다. 아니면 안쓰럽다는 표정으로 "엄마, 힘들어서 어떻게 해"라고 말한다. 이런 딸의 반응을 보면 저절로 피로가 풀린다. 반면에 아들은 아직 어리기도 하지만 엄마에게 아무 관심이 없다. 둘째를 대충 키운 것도 아니다. 늦둥이라서 더 많은 사랑을 주었다. 같은 부모 밑에서 태어나 자란 형제자매라 하더라도 타고난 성격이 이렇게 다르다.

무뚝뚝한 둘째 아이를 키우면서 '내가 엄마에게 참 답답하고 힘든 딸이었겠구나'라는 생각을 하게 되었다. 동생이 엄마에게 사랑받는 모습을 보면서 부러워하고 시샘하기만 했는데 생각해보면 동생은 사랑받을만한 성격을 갖고 있었다. 엄마의 기분을 봐 가면서 눈치 있게 행동했고 빈말이라도 엄마를 기쁘게 하는 말을 했다. 동생과 비교해서, 나의 느린 반응과 센 고집이 엄마를 힘들게 했을 수도 있다는 점을 어느 정도 인정하게 되었다.

나는 엄마뿐 아니라 다른 가족들에게도 조금씩 상처를 주었다. 이유야 어찌 되었건 간에 아버지 덕분에 살았으면서도 늘 아빠의 무능력을 부끄럽게 생각했다. 조금이라도 아버지 입장에서 생각하고 진심으로 아버지의 마음을 위로해 준 적이 없었던 것 같다. 걸핏하면 힘없는 아이들에게 폭력을 행사하는 아버지들이 아직도 많다는 사실을 생각해보면, 나의 아버지는 그래도 인격이 훌륭한 분이셨다.

오빠에게도 미안하다. 오빠는 분명히 여동생들, 특히 나를 정말 많이 괴롭혔다. 모든 놀이를 자기 마음대로 하려고 했고 같이 놀다가도 마음에 들지 않으면 주먹을 휘두르곤 했다. 그 점에서는 변명의 여지가 없다. 하지만 나도 오빠한테 바락바락 대들었다. 한 살 밖에 차이 안 나는 여동생이지만 분명 맏이로서 권위를 인정받고 싶은 마음이 있었을 텐데, 절대로 그렇게 해 주지 않았다.

동생에게도 마찬가지다. 나의 감정만 생각했지 동생의 입장에 서서 동생의 행복을 위해 생각하고 행동하지 못했다. 나에게는 동생이 특별했지만, 동생에게는 또 한 명의 이기적인 가족일 뿐이었는지도 모른다.

어느 날부터인지 모르겠지만, 이렇게 얽히고설킨 가족 관계 속에서 누가 진짜 피해자이고 가해자인지 따지는 것은 무의미하다는 생각이 들었다. 나는 원래 머리로 따지는 것에 익숙한 사람이다. 하지만 어느 순간부터 내면의 목소리는 나에게 이렇게 말하고 있었다. '그냥 모든 상황을 인정하고 받아들이자. 모든 잘못과 원망까지 포함하여 낱낱을 깨끗하게 용서하자.'

정말 끔찍한 가정폭력의 희생자들이 있다는 사실을 안다. 그들은 평생 자신의 부모나 가해자를 용서하지 못할 수도 있다. 그 사람들의 고통의 깊이를 나 같은 사람은 절대로 가늠할 수 없을 것이다. 짐작조차 하지 못할 수도 있다. 그런 사람들에게 무조건 가해자를 용서하라는 말은 절대로 아니다. 그건 내가 관여할 수 없는 영역이다.

다만, 아주 노골적이고 적극적인 폭력이 아니라 다른 종류의 폭력도 존재한다는 점을 말하고 싶었다. 양육자의 냉담한 태도, 무관심과 언어폭력, 정당하지 않은 비난, 무관심과 방치, 잘못에 비례하지 않는 가혹한 처벌도 아이들에게는 충분히 큰 상처가 될 수 있다.

특히 그런 작은 폭력들이 오랫동안 지속되면 아이는 자존감을 발달시키지 못하고 위축되어 잠재력을 발휘할 수 없다. 남들은 감당하지 않아도 되는 엄청난 마음의 짐을 안고 매일 내면의 갈등에 시달리게 된다. 사회에 나가 성인으로서 자신의 삶을 제대로 시작하기도 전에 지쳐서 나가떨어질 수 있다. 이런 작은 폭력의 희생자들은 남에게 털어놓지도 못하고 혼자 끙끙 앓기 마련이다.

나는 바로 그런 작은 폭력의 희생자들에게 과거를 용서하고 새롭게 시작하라고 말하고 싶다. 그리고 새로 시작하기 위한 첫걸음은 바로 과거를 용서하는 것이라고 강조하고 싶다. 과거의 모든 상황과 경험이 지금의 나를 만들었으므로. 지금의 나를 인정하고 긍정하려면 우선 나의 잘못을 포함하여 과거에 일어난 모든 일과 서로에게 준 상처를 받아들이고 용서해야 한다. 무엇보다도 소중한 나의 인생을 위해, 나의 아이에게 고통을 대물림하지 않기 위해 그렇게 했으면 좋겠다.

아이에게 사랑을 주지 않고 가혹하게 처벌하면 아이는 자신의 가치를 펼쳐 보이지도 못하고 무의미한 내적갈등에 귀중한 인생을 낭비하게 된다. 자녀를 사랑한다면 그런 짐을 지우지 말아야 한다. 날개를 활짝 펼치고 마음껏 날 수 있게 도와주어야 한다.

나의 어린 시절을 돌이켜보면 아쉬운 점이 참 많다. 어려움이 있었더라도 가족 모두가 그 사실을 공유하고 현실을 인식하고 함께 헤쳐 나갔더라면 좋았을 텐데. 고통은 상황 그 자체로 충분했을 텐데. 나의 부모님은 서로를 믿지 못하고 서로를 더 할퀴었던 것 같다. 그리고 아이들에게는 상황을 제대로 알려주지 않고 그냥 방치했다. 아마 자세히 알려주지 않는 편이 더 나을 거라고 생각하셨을 것이다. 하지만 나와 형제들은 자세한 내막도 모르면서 늘 불안하고 불안정하고 위축된 상태로 생활해야 했다.

어른이 되어 주변을 둘러보니 가족 사이에 사랑과 믿음만 있으면 어떠한 어려움도 헤쳐 나갈 수 있는 것 같다. 어떤 의미에서는 경제적 어려움도 아이들에게는 성장의 토대가 될 수 있다. 갑자기 찾아온 가난이 반가울 수는 없다. 하지만 이미 일어난 상황을 아이들에게 솔직히 알리고 힘을 모아 함께 이겨나가 자고 격려한다면 가족의 결속력도 강해지고 아이들의 성취동기도 높아질 수 있지 않을까.

나의 경우에는, 엄마가 아버지의 무능을 너무나 부끄러워하고 모든 잘못을 아버지에게 돌렸기 때문에 나도, 그리고 형제들도 덩달아 가족을 부끄럽게 생각했다. 이 부끄러움은 유년기는 물론, 성인이 된 이후에도 삶을 대하는 태도에 상당한 영향을 미쳤다. 극복하기까지 꽤 오랜 시간이 필요했다.

배우자나 아이가 어떤 잘못을 해도 지나치게 화를 내고 비난하지 말았으면 좋겠다. 설사 큰 잘못을 했더라도 일방적이고 지속적인 비난을 받으면 반발심이 생기고 자신을 방어하게 된다. 물론 가족의 잔소리나 지적은 모두 애정에서 나온 행동이다. 하지만 경험에 비추어 볼 때, 지적을 받는다고 해서 행동이 바뀌지는 않는다. 특히 어린아이의 경우에는 부정적인 행동이 되레 심해질 수 있다. 걱정스럽지만 언제든 필요할 때 도와주겠다는 마음으로, 꾸준히 지켜보고 마음을 담아 걱정을 표현해야 한다. 부모의 사랑을 느끼고 스스로 행동을 고치려는 마음이 일어나도록 기다려줘야 한다.

엄마는 지금도 나를 보면 지적부터 한다. 얼굴에 왜 그렇게 살이 없고 눈이 퀭하냐며 화를 낸다. 딸의 건강을 걱정해서 하는 말이라는 것을 안다. 하지만 듣는 순간 기분이 나빠지는 것도 사실이다. 걱정하는 마음 못지않게 그 마음을 표현하는 방법도 중요한데, 가족 간에는 그 방법을 소홀히 하는 경향이 있다.

굳어진 행동, 익숙해진 습관을 고치는 일은 누구에게나 힘들다. 어린아이들도 마찬가지다. 그것을 가능하게 해 주는 것은 채찍질이 아니라 부모의 사랑을 느끼고 그 사랑에 대해 감사하는 마음이라고 생각한다. 가족들 간에 상처 주지 말고, 지켜보고 기다려주는 버팀목이 되었으면 좋겠다.

용기를 내세요.
상처받아도 죽지 않아요.

　사람들에게 가족은 세상에서 가장 중요한 존재다. 때로는 타인보다 더 큰 상처를 주지만 아무리 힘들게 하더라도 가족은 소중하다. 가족에 대한 미움은 타인에 대한 미움과는 다르다. 아무리 미워해도 애정을 기저에 깔고 있다. 나에게 상처를 주는 가족이라도 마음에서 완전히 지워버리고 생활할 수 없다. 그런 척하더라도 마음 한편에는 부담으로 남는다. 이 부담이 나를 물고 늘어져서 완전히 자유롭고 행복하게 내버려 두지 않는다. 결국, 언젠가는 가족 간의 해묵은 갈등에서 벗어나고 과거의 감정과 화해해야 하는 순간이 온다. 그래야 과거에 얽매이지 않고 삶을 적극적으로 살 수가 있기 때문이다.

　어린 시절에 가족, 특히 부모님에게 받은 상처로 마음의 문을 닫는다면 상처를 치유할 수 없다. 아팠던 그 자리에 영원히 머물 수밖에 없다. 나의 경우에는 엄마를 받아들이기로 마음먹은 다음부터 비로소 적극적으로 살 수 있었다. 누가 보는 것도 아니고 뭐라고 하는 것도 아닌데 이상하게 엄마를 용서한 후에야 마음의 짐을 털어버린 듯 자유로운 느낌이 들었다. 가족 간의 애증 어린 감정은 적어도 한번은 털고 지나가야 하는 것 같다. 그렇게 해야 인생의 다음 단계, 다음 과제로 넘어갈 수 있는 것 같다.

아무리 노력을 해도 상처를 준 가족과의 관계를 개선하기 힘들 수 있다. 나도 그랬다. 아무리 머리로 엄마를 이해하고 받아들여도 같이 있으면 불편했다. 처음엔 좋은 마음으로 대화를 시도하지만 싸움이 되어 대화를 이어나갈 수가 없었다. 결국, 더 불편한 기분으로 돌아와야 했다. 나는 일단 그 상태를 그대로 내버려 두고 어느 정도 거리를 둔 후에 새로운 관계에 도전했다. 이 경우, 실패에 대한 두려움 때문에 새로운 관계를 맺는 데 어려움을 느낄 수도 있다. 하지만 두려움을 떨치고 과감하게 시도해 보라고 말하고 싶다.

나는 새로운 가족을 만들고 싶었다. 그 마음만큼은 정말로 절실했다. 물론 아무리 많은 사람을 만나도 마음에 드는 상대를 못 만날 수도 있다. 관계가 발전되다가 헤어질 수도 있다. 결혼이 이혼으로 끝나는 경우도 많다. 하지만 이런 변수들을 다 고려하고 걱정한다면 아무것도 할 수 없다. 나는 한때 사람들을 많이 만나면서 놀라운 사실을 하나 발견했다. 나만의 생각인지는 모르지만, 예상보다 많은 사람이 나에게 호감을 보였다는 것이다. 소개팅의 특성상 마음에 안 드는 경우가 더 많았지만 적어도 내가 원하는 상대에 대해 더욱 구체적으로 그림을 그려갈 수 있었다.

한번은 엄마 때문에 너무 속상하고 감정적으로 힘들었을 때, 인터넷 카페에 글을 올렸다. 괜히 올렸나 싶어서 삭제하려고 게시판에 들어가 봤더니 너무 많은 댓글이 달려서 깜짝 놀랐다. '우리 엄마도 비슷하다', '엄마라는 사람이 왜 그렇게 이기적인지 모르겠다', '내 이야기인 줄 알았다', '공감한다'라는 내용의 댓글이 수십 개 달려 있었다. 가상공간이었고 아는 사이도 아니었지만 그래도 내마음을 알아주는 사람들이 이렇게 많다는 데 대해 놀랐고 눈물이 날 정도로 고마웠다. 이처럼 나로서는 너무나 부끄럽고 밝히기 싫은 사연이지만 생각보다 훨씬 많은 사람이 나와 비슷한 상황에 직면해 있을 수도 있다.

넘어지면 일어나고 잘 안되면 인정하고 배우고 다시 시작하면 된다. 나는 스물아홉 살이 될 때까지 나라는 좁은 틀 안에 머물렀다. 외부와 단절된 생활에 너무 익숙해져서 바깥세상을 탐험하고 알아볼 생각도 하지 못했다. 주변의 도움으로 그 틀을 깨고 나오니 더 넓은 세상이 있었다. 어린 시절 형성된 내적 불행으로 힘들어하는 사람들에게 말해주고 싶다. 불행 안에 머무르지 않고 치유하고 넘어서라고. 충분히 그렇게 할 수 있다고.

나는 그동안 나를 둘러싸고 발생한 모든 상황, 내가 경험한 모든 일들, 주변 사람들과의 관계 속에서 탄생한 총체적인 결과물이다. 좋은 경험만 나를 만든 것이 아니다. 나쁜 경험, 잊고 싶은 경험, 후회되는 경험도 지금의 나를 만드는 데 중요한 역할을 했다. 어찌 보면 내가 인간적으로 성장하고 내적으로 성숙하는데 더 중요한 역할을 한 것은 불행과 고통이다. 고통은 인간을 성장시킨다고 하지 않는가. 나는 그 말에 전적으로 동의한다.

내 경우에도 어린 시절의 경험이 전적으로 해가 된 것은 아니었다. 우선 어려운 경제 상황은 결혼한 이후 나를 더 열심히 살게 만든 원동력이 되었다. 꼭 그렇게 열심히 살아야 하는 것은 아니었지만 그래야만 할 것 같았다. 엄마는 항상 독립적인 경제 능력에 집착했다. 그런 엄마가 대단하다고 생각하면서도 가끔은 고집스럽고 유별나게 느껴졌다. 하지만 돌이켜보니 내가 아이를 키우면서도 계속해서 일하고 나의 발전을 위해 공부를 이어나갔던 것은 결국 엄마의 영향이었다.

아버지는 우유부단하고 게으르다는 단점은 있었지만, 마음의 여유가 있었다. 나와 형제들이 내적 불행을 경험하면서도 나쁜 길로 빠지지 않았던 것은 이런 아빠의 성품 덕분이었을 것이다. 오빠로 인해 한때 남자들을 혐오했지만, 어찌 보면 그 덕분에 배우자를 선택할 때 남자에 대한 환상에서 벗어나 정말 나에게 중요한 부분에 집중할 수 있었던 것 같다.

어린 시절의 내적 불행은 내가 선택할 수 있는 경험이 아니다. 그때는 일방적으로 당할 수밖에 없다. 하지만 어른이 된 후에는 스스로 내적 불행을 넘어서고 그 안에서 의미를 찾을 수 있다. 육아를 하는 엄마라면 아이에게 불행을 대물림하지 않고 건강하게 키워내는 것으로 내적 불행을 승화시킬 수 있다.

아이를 키우는 엄마가 내적불행을 안고 있다면 글로리아 스타이넘의 제안처럼 글쓰기, 그림 그리기, 음악 듣기, 같은 상처를 가진 사람들과 교류하기 등의 활동을 통해 내적 불행과 거리를 두고 상처 입은 내면의 아이를 치유해야 한다. 내면이 치유되고 강해지면 나를 불행하게 한 상황이나 사람을 용서하기가 더 쉬워진다.

나의 경우에는 가장 먼저 책이 그 역할을 했다. 책을 읽으면 마음이 편해지고 잡념이 없어졌다. 내가 유년기와 청소년기에 공상의 세계에 빠졌던 것도 우울한 현실을 잊고 싶어서였을 것이다. 조금 커서는 마음이 복잡할 때마다 일기를 썼다. 당시 내 일기장의 대부분은 엄마에 대한 비난과 원망으로 가득 차 있었다. 엄마가 바로 옆에서 자고 있는데도 엄마에 대한 욕으로 몇 페이지를 채운 적도 있었다. 일기를 쓰고 나면 마음이 조금 누그러졌다.

하지만 일기 쓰기도 내 안에 머무는 활동이라는 한계가 있다. 요즘에는 온라인 상담 게시판이나 전화 상담 서비스가 잘 되어 있으니 그런 것도 이용하면 좋지 않을까. 실제로 나는 딸이 어렸을 때 육아 문제로 엄마와 심한 갈등이 있었다. 너무 화가 나는데 달리 마음을 털어낼 곳이 없었다. 아마 남편이 장기 출장을 떠난 다음이었던 것 같다. 온라인 상담 게시판에 글을 올렸더니 며칠 후에 메일로 답변이 왔다.

답변은 어찌 보면 뻔한 내용이었다. '당신의 입장은 충분히 이해한다. 하지만 어머니는 힘든 인생을 사셨고 이미 나이가 많아 바뀌기 어렵다. 지금은 당신이 더 강한 사람이니까 어머니를 이해하고 받아들여라'라는 요지였다. 그런데 재미있게도 인터넷에 글을 올릴 때까지 격앙되었던 마음이 상담 글을 올리고 올린 글을 다시 한 번 읽어보면서 조금 진정됐다. 답변이 아직 오지 않았는데도 마음이 한결 평화로워졌다. 며칠 후, 답변을 받았을 때는 이미 답변이 필요 없는 상태였다. 즉, 털어놓는 것만으로도 치유의 효과가 있다.

나는 딸을 키우면서 또래 아이를 키우는 동네 이웃들에게도 엄마에 대한 불만을 털어놓곤 했다. 나를 잘 모르는 사람들이니만큼 오히려 말하기가 쉬웠다. 대상을 시어머니로 바꾸어서 말했던 것 같다. 그러면 동네 엄마들은 내 입장에 열렬하게 공감해 주었다. 상대가 누구인지는 문제가 되지 않는다. 중요한 것은 털어놓는 행위 그 자체다. 내 경험상 그것만으로도 마음이 한결 가벼워진다.

그래도 여전히 엄마가, 부모님이 밉고 원망스러울 수 있다. 만약 주변에 그런 사람이 있다면 철학서를 읽어보라고 권하고 싶다. 나도 철학서들을 꾸준히 읽었는데 마음을 다스리는데 도움이 많이 됐다.

엄마와의 화해

나는 진심으로 엄마와 화해했다. 이제는 엄마에게 비난을 들어도 기분이 크게 나빠지지 않는다. 엄마는 아직도 비난을 많이 한다. 마음에 안 드는 게 엄청나게 많다. 사실 마음에 들어서 좋은 말을 하거나 칭찬할 때가 거의 없다. 밖에서 맛있는 음식을 먹어도 늘 불평이다. 좋은 곳에 가도 비난은 계속된다. '집에 있을 걸 그랬다. 돈 주고 이런 데 와서 시간 낭비를 한다. 올 곳이 못 된다'며 불평한다.

가족들이 만나면 이번에 오지 않은 다른 가족들 흠을 잡는다. 보통 오빠나 같이 일하는 사람들에 대한 비난을 한가득 쏟아 낸다. 가족끼리 오랜만에 모여서 즐거운 이야기를 하고 싶은데 엄마가 주변 사람들 헐뜯고 욕하는 소리만 실컷 듣고 돌아와야 한다. 손주들이 듣고 있든지, 말든지 상관없다. 엄마 말을 가만히 듣고 있으면 세상에서 본인이 가장 옳고 가장 훌륭한 것 같다.

사위와 손자들이 바로 옆에 있는데 내 앞에서 '너는 이기적이고 못됐다'는 말을 서슴없이 한다. 나에게 아이들을 잘못 키웠다는 말도 한다. 아이들은 사랑하면서 동시에 엄격하게 키워야 한다는 것이다.

가끔 엄마가 칭찬하는 대상이 있는데 그것은 TV에서 나오는 어린 아이돌 스타들이다. 토크쇼에 나와 어렸을 때, 데뷔하기 전에 고생을 많이 했다며 눈물을 보이는 아이돌 스타 이야기를 하며 감동을 받았다고 하신다. 특히 남자 아이돌 스타는 엄마에게 삶의 활력소다. 그들의 젊고 예쁜 외모를 보면서 일종의 위로를 받는다. 반면에 현실의 모든 것은 엄마에게 마음에 안 드는 비난의 대상이다.

나는 엄마가 비난하는데 중독되었다고 생각한다. 너무 오랫동안 주변 사람들을 비난해 와서 이제는 그 습관을 도저히 바꿀 수 없는 것 같다. 아니, 본인이 그렇다는 사실도 모른다. 그래서 엄마의 비난에 신경쓰지 않는다. 그냥 TV 광고나 음악 같은 일상 소음으로 받아들인다.

물론 부담스러울 때도 있다. 가끔 전화하면 엄마는 인사말 대신에 '네가 웬일이냐, 해가 서쪽에서 뜨겠다'고 비아냥거린다. 분명 딸이 오랜만에 전화해서 반가운 것이 속마음인데 그 마음을 절대로 있는 그대로 표현하지 않는다. 반가운 마음은 놔두고 그동안 왜 전화를 자주 하지 않았느냐는 섭섭한 마음만 쏟아내는 것이다. 과거의 나라면 기분이 나빠서 전화를 더 안 해야겠다고 생각했을 것이다. 하지만 지금의 나는 '엄마가 내 목소리가 듣고 싶었구나. 서운했구나'로 받아들인다.

그리고 나서 한 시간 넘게 본인 이야기, 주변 사람들에 대한 불만을 토로한다. 중간에 끊지도 못한다. 어떤 때는 겨울에 길가 벤치에 앉아 한 시간 동안 핸드폰을 들고 있었던 적도 있었다. 도저히 그대로 있을 수가 없어서 '시간이 없으니 끊겠다'고 하니 엄마는 인사말도 하지 않고 거칠게 끊어버렸다. 한번은 급하게 해야 할 일이 있어 전화를 빨리 끊었더니 몇 개월 동안 그 일을 마음에 담고 있다가 명절에 가족들이 모였을 때 나를 보자마자 소리를 빽 질렀다.

가끔 화가 날 때도 있다. 하지만 이제는 대부분 어린아이의 마음을 누르고 어른의 마음으로 엄마를 대한다. 어른이 된 내가 이제 엄마를 어린아이처럼 대하는 것이다. 아이들 투정을 들어주듯 엄마의 비난과 불평을 들어주고 아이들 마음을 읽어주듯이 엄마의 속마음을 읽는다. 엄마에게 전화하거나 집에 찾아갈 때는 일단 숨을 깊게 들이마시고 마음의 결심을 단단히 한다. 절대로 아이의 감정에 휩쓸리지 않고 어른의 마음을 유지하겠다고.

어린아이의 마음이 되면 내 입장에 서서 상황을 더 왜곡하고 과장해서 받아들인다. 그러면 오직 '내 기분', '내 감정'만 중요해지고 엄마의 마음이 눈에 들어오지 않는다. 지금의 나는 엄마가 무슨 말을 하든, 엄마의 마음속에 있는 나에 대한 걱정과 애정만 생각한다. 상처받은 내면의 아이가 내 안에 있었을 때는 엄마를 만나고 돌아오면 기분이 엉망이 되었다. 하지만 지금은 전혀 그렇지 않다. 충분히 내 기분을 통제할 수 있다. 이제 내 눈엔 엄마의 내면에 잠재된 어린아이도 보인다. 그래서 짠하고 애틋하다. 그냥 어른이 된 내가 엄마의 어린아이를 달래준다고 생각한다.

내가 이렇게 할 수 있는 것은 육아를 통한 치유 경험 덕분이었다. 마음의 상처를 치유한 후에 더는 내면의 어린아이에게 휘둘리지 않는다. 게다가 아이를 키우려면 기본적으로 나를 낮춰야 한다. 힘들어도 짜증 내지 말고 마음에 안 들어도 참아야 한다. 아이의 마음을 읽고 나를 아이에게 맞춰야 한다. 머리로 알고 싶어도 막상 실천하려면 잘 안 되는 것들이다. 나는 다행히 육아를 통해 이런 태도를 배울 수 있었다.

내가 기억하는 한, 엄마는 한 번도 나를 안아주거나 볼을 쓰다듬어준 적이 없었다. 엄마는 누가 자신의 몸에 손을 대는 것을 싫어한다. 어렸을 때는 그런 엄마를 고양이 같다고 생각했다. 구석에 웅크리고 앉아서 손거울을 보며 마사지를 하는 엄마는 사람의 손길이 닿지 않는 곳에서 털 관리를 하는 고양이처럼 보였다. 하지만 이제는 내가 엄마를 안아준다. 엄마가 화를 내면 무조건 잘못했다고 말하며 뒤에서 꽉 안아준다. 그러면 표현은 안 하지만 화가 풀어지신다. 엄마도 스킨십을 싫어하는 게 아니었다. 스킨십을 받지 못하고 자랐기 때문에 익숙하지 않은 것뿐이다.

고백하건대, 나는 여전히 엄마에게 무심한 딸이다. '전화를 자주 해야지'라고 생각하지만, 생각만큼 잘되지 않는다. 습관이 되어 있지 않아 어색하기도 하고 전화를 하게 되면 중간에 끊기가 어려워 부담스럽다. 그래도 전과는 달리, 엄마의 비위를 맞추고 기분을 좋게 해 드리기 위해 노력한다.

몇 년 전, 그토록 오랫동안 가족들을 힘들게 한 아버지가 모든 잘못을 안고 돌아가셨다. 그 후로 엄마는 한 오래된 아파트 단지에서 청소를 한다. 힘은 들지만, 하루 4시간만 하는 일이라서 돈도 벌고 심심하지도 않아 좋다고 하신다. 70대 중반의 나이에 당당하게 돈을 벌고 저축을 한다. 가끔 재활용품 가게에서 쇼핑도 한다. 2천 원, 3천 원을 주고 제법 예쁘고 상태가 좋은 옷이나 구두를 골라내어 나름대로 멋을 부리신다.

엄마의 통장엔 5천만 원이 넘는 돈이 있다. 몇 년 동안 엄마가 일해서 번 돈이다. 아파트 청소를 해서 번 돈을 한 푼도 쓰지 않고 저축한 것이다. 반찬도 잘 안 해 먹고 겨울에 전기장판으로 버티며 모은 돈이다. 딸들이 아무리 뭐라고 해도 엄마는 절대로 보일러를 틀지 않는다. 혼자 사는데 전기장판이면 됐지 왜 보일러를 트느냐는 것이다. 자식들이 용돈을 보내드려도 엄마는 그 돈을 한 푼도 쓰지 않는다. 국민연금, 자식들이 보내주는 용돈, 본인이 받는 월급에 매년 받는 근로지원금까지. 어찌 보면 인생을 통틀어 엄마 본인을 위해 쓸 수 있는 돈이 가장 많은 요즈음이다. 엄마의 표정은 밝고 당당하다.

엄마가 정말로 좋아서 청소 일을 한다고 생각하지는 않는다. 굳이 할 필요가 없는데도 일을 한다는 사실 자체에 자부심을 느끼는 것이다. 그리고 표현은 안 하지만 나중에 혹시 병이라도 들면 자식들에게 돌아갈 경제적 부담을 조금이라도 덜어주려는 엄마 나름의 배려라고 생각한다. 엄마는 그런 방식으로 사랑을 표현하는 사람이다. 어떤 의미에서 엄마는 나에게 가장 큰 용기를 준다. 70이 훌쩍 넘은 나이에 예쁘게 화장하고 청소를 하러 출근하는 엄마는 그 자체로 감동이다. 그런 씩씩한 엄마가 계셔서 좋다.

무뚝뚝한 엄마지만 가끔은 투박한 애정 표현도 한다. 아파트 청소를 하면서 현관문에서 교회 같은 곳에서 전단과 함께 붙여놓은 물티슈 샘플을 뜯어내는데 그것을 버리지 않고 모아두셨다. 지난 추석에 가족이 모였을 때 쇼핑백에 한가득 물티슈를 담아 동생과 나에게 추석 선물로 주셨다. 아끼지 말고 마음껏 쓰라고 하셨다. 다음에 또 갖다 주겠다고. 그리고 명절이면 주변에서 가장 싼 빵 가게를 찾아 롤빵을 하나씩 사서 손자들에게 주신다.

지난 추석에 온 가족이 모여 저녁을 먹고 영화를 보았다. 어릴 때 느껴보지 못한 단란함과 편안함이 있었다. 내가 둘째에게 잔소리하는 걸 보면서 엄마는 "애들에게 무섭게 하지 마라. 지나고 보니 내가 그렇게 했던 것이 후회된다"고 말했다. 나는 그 말을 엄마의 사과이자 고해성사로 받아들였다.

나는 엄마와 화해하면서 세상과도 화해했다. 내가 나이가 든 것도 있지만 이제 꼰대들이 싫지 않다. 그 전에는 권위에 대해 무조건 부정적이었다. 순전히 개인적인 관점에서, 주변에서 권위와 사회에 부정적인 사람을 보면 부모로부터 사랑을 받지 못한 사람이 아닐까 생각한다. 그들의 날 선 비난이 아프다는 호소로 보일 때가 있다.

　성인이 되면 부모의 사랑의 적고 많음을 따지지 말아야 한다는 생각이 든다. 마치 부모가 자식의 장단점을 따져가며 사랑하면 안 되는 것처럼. 나이가 들면 누구나 다시 어린아이가 된다는 말이 있다. 이제 어른이 된 내가 어린아이로 돌아간 엄마를 보살펴야 한다. 엄마와 사이가 좋지 못했던 내가 이 일을 잘 해낼 수 있다면 나름 큰 성취가 아닐까 생각해본다.

언제까지 구경만 할 건가요?
내 인생의 주인공은 바로 나

나는 어렸을 때 위인전을 많이 읽었다. 위인전을 좋아해서가 아니라 우연히, 집에 위인전이 많이 있었기 때문이었다. 위인전은 멀리 보고 큰 꿈을 갖는 데 좋다. 어려움을 이겨내는 정신력을 갖추는 데도 도움이 된다.

하지만 현재를 즐기는 데는 방해가 되었던 것 같다. 또 과거의 일을 다루고 있기 때문에 그 사람이 현재, 이 순간 어떤 마음으로 살고 있는지 말해주지 않았다. 위인전이나 역사책에는 현재진행형이 없었다. 어느 순간 위인전을 많이 읽고도 역경을 극복해내지 못하는 내가 한심하고 초라해 보였다. 지나고 보니 에세이나 명상집, 자기계발서를 함께 읽었더라면 더 좋았을 것 같다.

개인의 행불행과 역사적 의미는 별개라고 생각한다. 위인이라도 해도 당시에는 평범한 사람들이었을 것이다. 훗날 역사에 이름이 남았을 뿐이지 인간으로서의 번민, 망설임 그리고 애환을 다 경험했을 것이다. 무엇보다 그들이 역사에 이름을 남기려고 그렇게 열심히 산 것은 아니었을 것이다. 개인으로서 최선을 다해 자기 인생을 살아나갔고 그 삶에서 배울 점이 많아 후세에 역사에 기록된 것이 아닐까.

나는 내 인생과 주변 사람들 속에서 행복하게 살고 싶다. 그런 다음 조금씩 경계를 확장하고 싶다. 평범한 사람들이 모여 이 세상을 이룬다. 별 것 아닌 것처럼 보이지만 지금 나를 둘러싸고 일어나는 일들, 내가 오늘 내리는 모든 선택과 결정은 나라는 사람의 역사에서는 대단한 사건이다.

나는 한동안 책에서, 세상에서 엑스트라 역할에 머물러야 했다. 행동은 하지 않고 머릿속에서만 살았다. 그러던 어느 날 책에 나온 인물들의 삶, 영화와 드라마 속의 삶, 작가가 펼쳐놓은 가상의 세상을 관찰하면서 구경꾼 역할을 하는 나를 발견했다. 그리고 더는 그렇게 살기가 싫어졌다.

물론 내 인생에서 책은 아주 중요했다. 일종의 안내서, 길잡이, 예고편 같은 존재였다. 한때 책에 푹 빠져 살았고 어떤 책들은 마르고 닳도록 읽었다. 하지만 어느 순간부터 조금씩 책을 멀리하게 되었다. 결혼할 때 나는 그동안 소중하게 간직했던 애장서들을 전부 버렸다. 깨끗한 백지 위에서 다시 시작하고 싶었다. 머리로 그리는 삶이 아니라 실제로 부딪혀서 경험해 보고 싶었다. 아끼던 책들을 굳이 버린 이유는 내가 나약하다는 사실을 알고 있기 때문이었다. 일종의 선언이었던 셈이다.

이후 딸을 키우면서 또다시 많은 육아책을 사들였고 열심히 읽었다. 아마 시중에 나온 유명한 육아책들은 다 읽었을 것이다. 그리고 둘째 아이가 어느 정도 크자 이번에도 그 책들을 이웃들에게 다 나누어주었다. 육아의 핵심은 하나인데 내가 사들인 육아책들은 그것을 다양한 환경과 방법으로 실천한 내용이었기 때문이다. 핵심 서적 몇 권을 보면서 나와 아이들의 상황에 맞게 적용하면 될 거라고 생각했다.

어렸을 때는 내가 얼마나 느리고 게으른지 잘 몰랐다. 엄마가 영 틀린 말을 한 것은 아니었다. 대학에 입학한 후부터 그 사실을 조금씩 깨달았다. 그래서 서른 살 이후부터는 억지로 나를 밀어붙였던 것 같다. 대학원에 가고 아이를 낳고 키우면서 힘들게 졸업하고 지금도 일을 계속하고 있다. 나는 익숙한 환경을 좋아하고 쫓기는 생활을 싫어한다. 그런데도 자꾸 새로운 일을 벌이는 이유는 내가 얼마나 소심하고 나약해질 수 있는지 스스로 잘 알고 있기 때문인 것 같다. 그리고 그 마음 뒤에는 항상 바쁘게 사셨던 엄마가 있다.

요즘에 다시 책을 많이 읽는다. 전과는 독서 방법이 많이 달라졌다. 마음만 먹으면 엄청나게 빨리 읽을 수 있지만 되도록 천천히 읽는다. 하루 만에 읽을 수 있지만, 일부러 여러 날에 걸쳐 나누어 읽는다. 좋은 책일수록 더 오래 느끼면서 책이 말하는 바를 최대한 흡수하고 싶기 때문이다. 나이가 들어서인지 감성적인 에세이나 시가 너무 좋다. 짧은 시에서 인생을 느끼게 된다.

내가 그동안 살면서 깨달은 것은 내 인생이라는 무대에서는 내가 주인공이라는 사실이다. 쇼 자체가 재미가 없을지 모르지만, 주인공이라는 사실만큼은 분명하다. 누가 봐 주지 않아도, 관객이 몇 명 없어도 상관없다. 보는 사람이 한 명도 없어도 쇼는 계속되어야 한다. 언젠가는 관객석에 누군가 걸어 들어올 것이므로. 끝까지 아무도 들어오지 않는다 해도 최소한 내가 있다. 이미 무대가 마련됐고 불이 켜졌으므로 망설일 이유가 없다.

남의 무대를 기웃거리며 부러워만 할 필요가 없다. 오늘 내가 하는 일, 내가 하는 말, 내가 하는 작은 선택이 내 인생의 무대에서 얼마나 중요한지 인식하면서 살고 싶다. 내가 남보다 잘나서가 아니다. 사실 나는 너무나도 평범한 사람이다. 하지만 자신에게 이 말을 하면서 살고 있다. '이것은 나의 무대'라고.

최근에 가족들과 함께 천안에 있는 독립기념관에 갔다 왔다. 생각보다 훨씬 더 웅장하고 멋진 독립기념관을 보면서 몇 해 전에 미국 워싱턴의 제퍼슨 기념관에 갔다 온 일이 기억났다. 기념관을 보고 계단에서 사진 찍고 감탄하는 말을 했던 것 같다. 실제로 본 우리나라의 독립기념관은 그 제퍼슨 기념관과 비교가 되지 않을 정도로 규모도 크고 잘 꾸며져 있었다. 그런데도 가까이 있다는 이유만으로 가볼 생각을 하지 않았다. 그 날도 단풍을 보러 간 것이지 독립기념관을 보러 간 것은 아니었다.

멋진 단풍을 보고 내가 사는 동네로 돌아와 보니 익숙한 거리에서 가로수들이 화려한 단풍을 뽐내며 서 있었다. 우리가 삶을 대하는 태도도 이와 비슷하지 않을까. 남의 무대, 큰 무대만 부러워하고 막상 내 무대는 초라하다고 생각하는 것.

인생의 의미는 각자에게 주어진 상황에서 성장하고 발전하며 삶을 최대한 아름답게 가꾸어나가는 데 있다고 생각한다. 그러니 누구와 경쟁할 필요도 없고 모범답안 같은 것은 애초에 없다. 사람들은 척박한 토양과 혹독한 기후 속에서 핀 꽃을 보며 감동한다. 철학자들은 열악한 환경이 고통스럽기만 한 것은 아니라고 한다. 더 큰 자양분이 되고 강한 동기를 줄 수 있다고 말한다. 본인에게는 괴롭지만 크게 보면 그 말이 어느 정도 맞는 것 같다.

정말 혹독한 환경을 경험해 보지도 못한 내가 감히 이런 말을 할 자격이 없을지도 모른다. 하지만 한 가지는 확실하게 말할 수 있다. 치유 육아를 통해 내적 불행을 극복하고 딸을 밝게 키워냈을 때, 내가 느낀 뿌듯함과 자랑스러움은 상상하는 것 이상이었다.

그동안 주변에는 아이를 키우면서 많이 힘들어하거나 아이 때문에 경력이 단절되어 우울해하는 엄마들을 많이 보았다. 물론 아이를 통해 얻는 기쁨도 컸을 것이다. 하지만 아이의 탄생이나 육아 자체에 그리 큰 의미를 부여하는 사람들은 별로 없었다. 내가 딸을 키우면서 유난히 큰 감동과 의미를 느꼈던 것은 그 전에 남아 있었던 내면의 상처 때문이었다. 어둠이 길었기에 햇빛의 찬란함을 더 민감하게 느꼈던 것은 아니었는지.

나는 육아를 통해 많은 것을 배웠다. 육아책은 아이를 키우는 데만 도움이 되는 것은 아니었다. 육아책에 나오는 '삶의 기쁨을 누릴 줄 아는 아이', '자신을 가치 있게 생각하는 아이', '미지의 세계로 나아가는 아이', '자신의 의지대로 살아가는 아이', '걱정과 스트레스에서 자유로운 아이', '마음의 평화를 가지고 사는 아이'는 사실 어른들이 지향해야 하는 모습이기도 했다. 나는 육아책을 읽고 아이를 키우면서 나의 부족한 면을 제대로 볼 수 있었고 겸손해질 수 있었다.

아이를 밝게 키우기 위해서는 부정적인 생각을 멀리하고, 많이 웃고, 화를 건강한 방식으로 풀어내야 했다. 그 과정에서 내 자존감은 매우 높아졌다. 아이의 사회성을 위해 이웃들과 교류하면서 사람 만나는 일이 전보다 많이 편해졌다. 또 원래 느리고 게으름이 많은데도 아이들에게 좋은 영향력을 주기 위해 새로운 것을 부지런히 배우고 찾아다니게 되었다.

나는 평범하다는 말에 묻어 있는 편안함과 안정감이 좋다. 현재의 삶이 평범하다면 굴곡 없이 잘 성장하고 살아왔다는 증거일 것이다. 반대로 힘들게 살아왔다면 앞으로 더 행복하게 살아야 할 이유와 동기가 있다는 뜻이다. 이렇게 생각하면 세상이 마냥 불공평한 것만도 아닌 것 같다.

지금 생활에 충분히 만족하지만, 아직도 하고 싶은 일들이 많다. 개인적으로 동화를 좋아해서 좋은 동화를 꼭 써보고 싶다. 더 많은 곳에 가보고 싶고 더 많은 나라를 여행하고 싶다. 2년에 한 번씩 온 가족이 해외여행을 가기로 남편과 약속했는데 큰 아이 공부 때문에 3년에 한 번으로 늘렸다. 동생이 사업을 시작했는데 언니로서 도움을 주고 싶다. 음악을 사랑하는 남편은 퇴직 후에 라이브 카페를 운영하고 싶어 한다. 이런 일들을 하나씩 실현하기 위해서는 앞으로 더 많이 노력해야 한다.

하나 더, 나의 관심의 대상을 조금씩 넓혀 나가고 싶다. 나는 서른이 되기까지 오로지 나 하나밖에 모르고 살았다. 엄마 말대로 정말 이기적인 딸이었다. 하지만 나이가 들면서, 결혼과 육아라는 경험을 통해 관심의 범위가 조금씩 넓어지고 있음을 느낀다. 앞으로도 한 걸음, 한 걸음씩 더 많은 사람을 알아가고 더 넓은 세상을 경험해 보고 싶다.

환하게 웃는 내 안의 어린아이

이제 나는 가슴 아픈 뉴스, 특히 아동학대나 동물 학대 뉴스를 보고도 중심을 잃을 만큼 분노하거나 자기연민에 빠지지 않는다. 학대 그 자체보다 전반적인 사정을 보려고 하고, 특히 가해자 쪽의 사정도 눈여겨본다. 어떤 상황이 그 사람을 그렇게 만들었는지 한번 살펴보는 것이다. 그럴 만한 사정이 있어서 그런 끔찍한 일을 저질렀다고 오지랖 넓게 변명하려는 것은 아니다. 그냥 내 감정에만 몰두해서 상황을 왜곡해서 보고 싶지 않을 뿐이다.

자기 연민으로부터 벗어나면서 주변 사람들의 마음을 조금 더 잘 헤아릴 수 있게 되었다. 상처 입은 내면 아이를 안고 살았을 때는 무슨 결정을 할 때, 치우친 판단을 내리는 경우가 많았다. 과거의 감정에 발목을 잡히는 것이다. 툭하면 이유 없이 우울해지거나 밑도 끝도 없는 불안에 사로잡히기도 했다. 특히 아침에 눈을 뜰 때 그런 기분이 들었다. 그래서 아침의 일과를 더 촘촘하게 짜 놓았다. 우울한 생각이 나를 침범하지 못하도록 미리 방어막을 치는 것이다.

그래도 가끔 기분이 우울해질 때가 있다. 그럴 때면 아이들과 신나게 수다를 떨고 아이들을 진하게 안아준다. 아이들은 나의 영원한 엔돌핀이다. 아니면 남편에게 전화를 걸어 기분 좋아지는 이야기를 해 달라고 한다. 그러면 남편은 최선을 다해 나를 웃겨주려고 노력한다. 무엇보다도 할 일이 많으면 우울한 생각이 끼어들 틈이 없다. 조금 벅차게 일정을 짜 놓고 그 스케줄에 맞게 생활한다. 그러면 주말 하루의 여유에도 감사하는 마음이 저절로 든다.

전에는 고민이 있으면 당장 끝장내 버리려고 달려들곤 했다. 엄마의 조급함이 나에게도 전염되었는지 마치 그 고민이 이 세상의 전부인 것처럼 해결하는 데 모든 에너지를 쏟아 부었다. 지금은 고민이 생겨도 조금 묵혀두는 편이다. 경험상 시간이 지나면 고민이 아니게 되어버리는 일이 많았다. 고민은 고민대로, 내 생활은 생활대로 두고 지내다 보면 생각하지도 못한 곳에서 해결의 실마리가 보이곤 했다. 관점이 달라져서 굳이 해결할 필요가 없어지기도 하고, 당장 해결할 수 없는 문제라는 판단이 들기도 한다.

나는 지금도 여러 면에서 미숙하다. 아직도 인간관계에 서툴고 특히 큰 집단에서는 불편함을 느낀다. 유머 감각도 없고 재치도 없다. 무엇보다 감각이 둔해서 사람들 말을 잘 못 알아듣고 상황 판단이 느리다. 전에는 이런 점들이 나를 많이 힘들게 했지만, 지금은 그렇지 않다. 그냥 받아들이는 것이다. 대신에 나에게는 나만의 장점이 있다. 집중력과 끈기, 인내심이 있다. 무엇보다 정말로 어떤 일을 하려고 마음먹으면 잘 흔들리지 않는다. 나는 다른 사람들처럼 장단점을 모두 가진 보통의 사람일 뿐이다. 자신을 지나치게 비난하지도, 변호하지도 않고 그냥 받아들인다.

나는 더 이상 나 자신을 증명해야 할 필요를 느끼지 않는다. 세상은 물론 나 자신에게도, 나는 지금 모습만으로도 충분히 가치가 있다. 가족에게 사랑을 받고 있고 꼭 해야 할 나만의 역할이 있다. 이제는 돈 버는 일 외에도 진짜 하고 싶은 일을 찾으려고 한다.

딸을 키우면서 동화책을 많이 읽게 됐다. 내가 어렸을 때는 명작동화나 전래동화가 고작이었는데 이제는 정말 많은 창작동화가 나오고 있다. 딸 덕분에 어린아이로 돌아가 동화책과 다시 한 번 사랑에 빠졌다. 나는 비버리 클리어리, 재클린 윌슨, 로이스 로리, 루이스 새커의 작품들을 좋아한다.

나는 이제 진심으로 카르페디엠(현재에 충실하라)을 믿는다. 나에게 이러한 태도를 가르쳐준 사람은 남편이다. 남편은 내가 만나본 사람 중에서 가장 현재에 충실하게 사는 사람이다. 남편은 밥을 먹을 때는 밥만 생각하고 기타를 칠 때는 기타만 생각한다. 나는 그동안 행복을 특별한 경험으로 생각해 왔지만, 남편은 '나쁜 일이 없으면 행복한 것'이라는 생각을 갖고 있다. 그러니 매일 행복하고 음악과 더불어 항상 즐겁게 생활한다.

남편은 다른 사람을 부러워하지 않고 남의 행복도 진심으로 축하해준다. 부끄럽지만 나는 과거에 다른 사람들에게 좋은 일이 생기면 그것을 부러워하고 나와 비교하면서 내심 속상해했다. 하지만 이제는 그렇지 않다. 다른 사람들을 부러워하지도 않고 그들에게 좋은 일이 생기면 축하해 주고 함께 기뻐한다.

상처받은 엄마들에게 보내는 메시지

내 안에 사랑이 없는데, 어렸을 때 가족으로부터 배려를 받아본 적이 없는데 아이에게 사랑을 주어야 하는 엄마들은 참 힘들다. 아이가 사소한 실수를 하거나 떼를 쓰거나 힘들게 하면 엄마와 같은 방식으로 대응하거나 아이를 처벌하게 된다. 아니면 자신도 모르게 아이에게 심한 말을 하거나 우는 아이를 방치한다. 이렇게 한 차례 감정의 폭풍이 지나가면 상상하기 힘든 자괴감과 무력감이 찾아온다. 그리고 자신을 그렇게 냉정하게 키운 부모님을 원망하게 된다. 평상시에 이유 없는 우울증에 시달리기도 한다.

무관심한 부모 밑에서 자란 사람들은 정서가 충분히 발달하지 않았기 때문에 아이의 마음을 읽어주기가 어렵다. 아이들이란 양육자에게 끊임없이 요구하기 마련이다. 그것이 정상이다. 그런데 내적 불행을 안고 있는 엄마들은 아이들의 요구를 들어주다가도 어느 순간 '욱' 하게 된다. 아슬아슬하게 통제하고 있던 감정이 임계점에 도달해서 둑을 넘어버리는 것이다. 그 순간을 넘어버리면 자신의 감정을 통제하기 어렵다.

강압적이거나 지나치게 엄격한 환경에서 성장한 사람들은 아이들에게도 어른과 같은 엄격한 기준을 요구한다. 사람은 자신에게 익숙한 것을 정상으로 받아들이는 경향이 있기 때문이다. 폐쇄적인 환경에서 자라서 다른 기준을 접하지 못한 경우에는 더욱 그렇다. 엄격한 기준을 강요받고 자란 아이들은 부모의 내적 불행을 대물림하게 된다.

이렇게 내적 불행을 안게 된 사람들은 조금만 어려운 상황에 처해도 좌절하고 자신의 감정을 잘 제어하지 못한다고 한다. 자존감이 발달하지 않았기 때문일 것이다. 감정 기복도 심하고 쉽게 우울해진다고 한다.

이러한 내면의 상처를 치유하기 위해서는 먼저 자신의 상처를 인식해야 한다. 나의 경우에는 그 과정이 특히 힘들었다. 잊으려고 노력했고 이미 오래전에 잊었다고 생각한 불행한 기억을 자꾸 떠올려야 했기 때문이다. 마치 무의식 속에 도사리고 있었던 괴물이 되살아난 느낌이었다. 한밤중에 울면서 깨어나는 일이 늘어나면서 자주 우울해졌다.

나의 경험을 돌아보면, 내면의 상처를 치유하기까지 대략 5가지 단계를 거쳤던 것 같다. 그 단계를 소개하고 싶다.

첫 번째, 상처 입은 내면의 아이를 깨닫고 내 상처를 직시했다.

두 번째, 나 자신을 돌봤다. 힘들면 적극적으로 주변의 도움을 받았다. 너무 힘든 날에는 남편에게 아이를 맡기고 책을 보거나 영화를 봤다. 이 단계에서는 혼자만의 시간이 매우 중요했다. 아이가 너무 예뻤지만 때로는 떨어져 있고 싶었다. 그리고 잘 참아냈다고 나를 칭찬하고 보상으로 내가 좋아하는 일을 했다.

세 번째, 털어놓았다. 나의 경우에는 주로 남편이 그 대상이었다. 남편이 이야기를 잘 들어주고 위로해주면 마음이 한결 가벼워졌다.

네 번째, 용서했다. 엄마가 그럴 수밖에 없었던 이유를 찾아냈고 나는 잘못한 일이 없었는지 과거를 돌아보았다. 그리고 어느 순간부터는 무조건 용서하기로 결심했다. 정신분석가나 철학자들이 쓴 책을 보면, 용서란 의식적인 행동이며 용서를 연습할수록 우리의 마음도 단련된다고 한다. 그 제안을 받아들여 나도 의식적으로 용서했다. 불행했던 과거를, 힘들었던 시절의 엄마를, 그리고 무기력하고 배은망덕했던 나를 용서했다.

다섯 번째, 일어났다. 과거와 의식적으로 결별했다. 스스로에 대한 선언의 의미로 환경을 대대적으로 바꾸는 것도 좋을 것 같다. 환경이 변하면 기분과 의식도 변하고 행동의 변화로 이어지기 때문이다. 나는 새 출발의 의미로 대청소를 하거나 묵은 물건들을 내다 버리곤 했다.

물론 중간 중간 실패할 수도 있다. 다시 예전의 감정과 습관으로 돌아갈 수도 있다. 하지만 여기서 실망하거나 좌절할 필요는 없다. 실패하면 '넘어졌구나. 일어나야지'라는 마음으로 다시 시작하면 된다. 지나치게 자책할 필요도 없다. 최소한 노력하는 것만으로도 내가 대단한 일을 하고 있다고 생각해야 한다.

나도 이 과정에서 몇 번 딸에게 화를 낸 적이 있다. 하지만 화를 낸 다음에는 꼭 사과했다. "엄마가 몸이 아파서 짜증을 내 버렸네. 미안해. 이해해 주겠니?"라고 하면 딸은 웃으면서 "괜찮아"라고 말해 주었다. 마음이 걸리는 일이 있으면 반드시 사과했다. 그러면서 화를 내고 아이에게 사과하는 일이 점점 더 줄어들었다. 다행히 이제는 웬만해서는 화를 내지 않는다. 화가 나더라도 어느 정도 선을 넘지 않게 나 자신을 통제할 수 있다. 훈육할 때도 아이의 표정을 살

피면서 강도를 조절하는 여유가 생겼다.

생각해보면 집에서 화를 내야 할 이유가 없다. 문제가 있으면 말로 설명하고 풀어나가면 된다. 밖이나 회사에서는 마음에 안 드는 일이 있어도 대놓고 화를 내지 않는다. 밖에서는 화를 내지 않다가 집에서 화를 많이 낸다면, 편하다는 이유로 가족을 너무 만만하게 대하고 있는지도 모른다. 그렇다면 아이들이나 배우자에게 일종의 '갑질'을 하고 있는 셈이다.

무엇보다도 마음의 상처가 아물기 전까지는 하루 일정을 무리하게 짜지 않았으면 좋겠다. 내적 불행의 치유가 우선이므로 엄마의 몸과 마음이 편해야 한다. 이 과정에서는 돈이 들더라도, 또는 돈을 조금 덜 모으더라도 편하게 육아를 할 수 있도록 주변에서 배려해 주었으면 좋겠다. 나의 경우에는 이 단계를 거치고 나니 우울해하거나 화를 내는 횟수가 훨씬 줄어들었다. 그와 동시에 자신감도 상승했다.

외람되지만, 마음의 상처를 안고 있는 엄마들에게 꼭 들려주고 싶은 말이 있다. 당신은 세상에서 가장 위대한 일을 하고 있다고 이야기해주고 싶다. 어린 시절 내적 불행을 겪어보지 않은 사람은 짐작할 수 없을 것이다. 하지만 당신이야말로 큰 용서와 성장의 증거라고 말해주고 싶다.

철학자들은 자기 성장의 최종 단계는 내가 태어나기 전보다 세상을 더 아름다운 곳으로 만드는 것이라고 말한다. 나는 마음의 그늘 없이 아이를 잘 키워내는 엄마들이야말로 그 일을 하고 있다고 생각한다. 세상이 아름다워지려면 구성원 한명 한명이 건강해야 한다. 한 아이를 육체적, 정신적으로 건강하게 키워내는 일만큼 위대한 사회 공헌이 또 있을까? 내적 불행을 안고 있는 엄마들이 그 불행을 대물림하지 않고 아이를 건강하게 키워낸다는 것, 그 일의 가치를 엄마들 스스로 알아주었으면 좋겠다.

꽤 오래전부터 신문 사회면에는 흉흉한 기사들이 끊이지 않는다. 각종 잔혹 범죄, 혐오 범죄, 무차별적 살인, 소시오패스 범죄 등이 뉴스 머리기사를 장식한다. 자세히 보면 꼭 돈 때문에 저지른 범죄도 아니다. 사회적인 요인도 있지만, 그 기저에는 불행한 유년시절이 있다. 잔혹 범죄의 이면을 들여다보면, 가해자가 어린 시절에 정서적으로 불안정한 생활을 했거나 학대하는 가정에서 자란 경우가 많았다. 그런 관점에서 볼 때, 아이들을 안정적인 환경에서 건강하게 키우는 일은 더 나은 사회를 만들기 위한 첫걸음이다.

나는 어릴 때 학대를 받거나 내적 불행을 경험한 엄마가 아이를 잘 키워내는 일은 인간 승리에 가까운 자기 성장이라고 본다. 사람은 받은 대로 주기 마련이다. 이 법칙을 거스르기는 절대 쉽지 않다. 지금까지의 자신을 버리고 완전히 새로운 사람이 되어야 하기 때문이다.

다시 말하지만, 상처를 직시하고 받아들이고 자신을 사랑하는 과정을 통해 새로 태어날 수 있다. 개인적으로, 딸을 키우면서 내적 불행을 치유한 사실에 대해 큰 자부심을 느끼고 있다. 아이가 나처럼 마음의 그늘 없이 커서 다행이라고 생각한다. 아이가 커서 마음의 상처를 극복하느라 소중한 시간을 낭비하지 않게 되어 기쁘게 생각한다.

엄마의 길에 들어선 여성들이 부디 마음의 상처를 치유하고 아이와 함께 행복해지기를 진심으로 바래본다.

마치는 글

책을 쓰면서 자기 의심을 떨쳐버릴 수가 없었다. '이런 이야기가 과연 누구한테 무슨 도움이 될까?'라는 생각이 나를 계속 따라다녔다.

어느 순간부터 과거를 더 이상 생각하지 않고 살았기 때문에 어린 시절 경험했던 일을 기억해내는 게 힘들었다. 잊어버리고 싶었고, 잊으려고 노력했던 기억이어서 그런지 정말로 생각이 나지 않았다. 책에서도 밝혔지만, 그 기억들은 순전히 나의 관점에서 바라본 장면들이다. 왜곡되었을 수도 있고 과장되었을 수도 있다. 하지만 어쩔 수 없다. 내가 가진 기억이 그것뿐이므로.

책을 쓰면서 잊었던 기억이 되살아나고 어린아이로 돌아간 것처럼 다시 마음의 고통을 느껴야 했다. 힘들었고 다른 일에 집중할 수가 없었다. 그래서 빨리 써버리려고 글쓰기에 더 매달렸다.

삶의 이야기를 쓰는 법을 가르쳐준 이은대 선생님과 동료 작가들에게 감사한다. 이은대 선생님은 평범한 사람들이 살아온 삶의 이야기가 다른 사람들에게 충분히 도움이 될 수 있다고 말씀하셨다. 선생님의 말씀을 듣고 나도 책 쓰기에 대해 갖고 있던 편견을 많이 버릴 수 있었다. 지금은 누구나 책을 쓸 수 있고 그렇게 해야 한다고 생각한다.

또 다꿈스쿨을 통해 '자기혁명'이라는 길로 인도해주신 청울림 선생님께도 감사한다. 서른 살 무렵, 내가 경험했던 인식의 변화가 자기혁명의 시작이었음을 깨닫게 해 주셨다.

나는 살아오면서 경험을 많이 하지 못했다. 직접 경험도 그렇지만 간접 경험이 별로 없었다. 어찌 보면, 내가 인생을 배울 수 있었던 주된 통로는 책이었다. 본격적으로 나의 삶을 살기 시작한 시기가 남들보다 늦었다.

나는 아직도 사람들과 관계를 맺는데 서툴다. 정서적으로 연결되는데 시간이 걸리고 센스도 없는 편이다. 하지만 이런 나를 인정하고 있고 조금씩 고쳐나가려고 노력하고 있다. 습관이 아닌 천성을 바꾸는 일이므로 서두르지 않는다.

중요한 것은 내가 지금도 성장하고 있다는 사실이다. 앞으로 삶과 관계, 사회를 통해 더 많은 것을 배우고 성장할 것이다. 이 책도 그런 의미에서 썼다. 부끄러운 나의 고백이 누군가에게 조금이라도 도움이 되기를 바란다.

나를 지지해준 가족들에게 감사한다. 실수투성이 엄마를 사랑하고 믿어준 딸에게 감사한다. 그리고 책을 쓰는 동안 혼자만의 시간을 갖도록 배려해주고 끊임없는 푸념을 들어준 남편에게 감사한다. 끝으로 나를 낳아주고 길러주신 부모님, 특히 엄마에게 한없이 고마운 마음을 전하고 싶다.